AS FONTES
DO PRAZER

AS FONTES DO PRAZER

Al-Sayed Haroun Ibn
Hussein Al-Makhzoumi

Tradução
TOMÁS ROSA BUENO

Martins Fontes
São Paulo 1994

Título original: **THE FOUNTAINS OF PLEASURE**
publicada por Quartet Books Ltd., em 1992
Copyright © 1970 by Hatem el-Khalidi
Copyright © Livraria Martins Fontes Editora Ltda., São Paulo, 1994,
para a presente edição

1.ª edição: dezembro de 1994

Tradução: Tomás Rosa Bueno
Revisão da tradução: Mitsue Morisawa
Revisão gráfica:
Pier Luigi Cabra
Renato da Rocha Carlos

Produção gráfica: Geraldo Alves
Paginação: Renato C. Carbone

Capa – projeto: Alexandre Martins Fontes
Katia H. Terasaka

Dados Internacionais de Catalogação na Publicação (CIP)
(Câmara Brasileira do Livro, SP, Brasil)

Al-Makhzoumi, Al-Sayed Haroun Ibn Hussein
As fontes do prazer / Al-Sayed Haroun Ibn Hussein Al-Makhzoumi ; [traduzido por Tomás Rosa Bueno]. – São Paulo : Martins Fontes, 1994.

Traduzido e anotado do árabe para o inglês por Hatem El-Khalidi.
ISBN 85-336-0345-2

1. Literatura árabe 2. Erotismo I. Al-Makhzoumi, Hussein. II. Título.

94-4142   CDD-892.7

Índices para catálogo sistemático:
1. Erotismo : Literatura árabe 892.7

Todos os direitos para o Brasil reservados à
LIVRARIA MARTINS FONTES EDITORA LTDA.
Rua Conselheiro Ramalho, 330/340 – Tel.: 239-3677
01325-000 – São Paulo – SP – Brasil

Índice

Nota da tradução inglesa 9
Prefácio do Autor 13

I. Da estrutura do homem e da mulher 17
   A mulher 17
      Os órgãos femininos 19
   O homem 46
      Os órgãos masculinos 48

II. Das artes e da ciência da cópula 57
   Os diferentes orgasmos das mulheres 65
      A selvagem 65
      A inquieta 66
      A suplicante 67
      A espantada 67
      A tagarela 68
      A puro-sangue 69

  A estranha 70
  A faminta 71
  A soluçante 72
  A torturada 74
 A preparação para a cópula 75
 O ato da cópula 82
 Os movimentos na cópula 86
 As posições da cópula 88

III. Das aberrações e condições mórbidas dos homens e das mulheres 101
 As aberrações dos homens e das mulheres 101
 As condições mórbidas dos homens e das mulheres 106
 A mulher 107
  Inflamação da vulva 107
  Putrefação da vagina e do útero 108
  Cópula dolorosa 109
  Tumores dos seios 110
 O homem 110
  Impotência 110
  Ereção permanente 113
  Inflamação da cabeça do pênis 114
  Putrefação do canal urinário 114
  Tumores no escroto 115

IV. Dos homens e das mulheres 117

Notas 123

Alguns dos ditos atribuídos pelo autor ao Profeta Maomé podem não ser os classificados como autênticos pela grande maioria dos teólogos e estudiosos muçulmanos.

Nota da tradução inglesa

ESTE LIVRO é uma tradução direta de um antigo manuscrito árabe que encontrei na biblioteca particular de um bom e velho amigo, em uma cidade da Península Arábica, cujo nome não direi, pelo menos por enquanto. Era hábito meu, quando e onde fosse possível, procurar em bibliotecas como aquela registros e manuscritos com descrições das atividades mineradoras antigas e medievais que haviam florescido na Península desde os tempos do Rei Salomão[1].

O proprietário do manuscrito é um homem idoso, o membro mais proeminente de uma antiga e distinta família. É um muçulmano profundamente devoto que acredita que, embora possa ter algum valor histórico em virtude de sua antiguidade, o manuscrito constitui uma obra muito depravada e blasfema, que advoga com liberdade e entusiasmo muitas práticas e atitudes sexuais estritamente proibidas pelo Islã, e portanto, compreensivelmente, não quer que seu nome seja associado a ele de nenhuma maneira². Não permite que o tirem de sua biblioteca para ser mostrado pública ou particularmente, por medo de que certas marcas de identificação presentes na capa e em todas as páginas acabem por revelar o proprietário. Confessou que, em determinados momentos, sentiu fortíssimos impulsos de destruí-lo, para que a ligação "herética" entre o manuscrito e sua família fosse apagada para sempre.

Talvez, no futuro, ele reconheça, como eu, que na verdade o manuscrito é uma obra erudita do mais alto calibre e que deveria ser exibido e estudado em sua forma e língua originais. Isso parece ser imperioso, pois a presente tradução foi feita muito apressadamente, devido à falta de tempo, e não faz muita justiça ao belo estilo do original.

O título completo do manuscrito em árabe, que aparece ao pé da página de rosto deste livro, pode ser traduzido como segue: "AS FONTES DO PRAZER (DOÇURA) NAS ARTES DAS PAIXÕES (LUXÚRIAS)". Uma amostra prévia do tema é apresentada de maneira muito eloqüente pelo autor em seu prefácio.

A única data encontrada no manuscrito aparece em sua primeira página, acima do sumário, e diz o seguinte: "COPIADO DE UM ANTIGO MANUSCRITO NO ANO 1152 HIJRYAH POR M... H...". Tal data corresponde a cerca de 1724 A.D., e o proprietário informou-me que M... H...³ era um de seus mais ilustres ancestrais diretos.

Contudo, nenhuma data real é encontrada no próprio texto para indicar quando o manuscrito foi escrito originalmente. Mas há uma pista importante para se estabelecer com alguma precisão a data aproximada da autoria: o autor menciona um episódio que, segundo ele, aconteceu durante o tempo em que ele estava a serviço do "IRMÃO DO GRANDE SALADINO".

Na história árabe e islâmica, há apenas um GRANDE SALADINO⁴, o que conquistou Jerusalém dos cruzados e viveu de 1137 a 1193 A.D. Assim, é possível estabelecer a data da autoria durante esse período, ou alguns anos depois.

Jedá, Arábia Saudita

Prefácio do Autor

Em nome de Alá[1], o Misericordioso, o Compassivo[2]

SAIBAM TODOS os sinceros devotos que o Homem foi criado para ser um instrumento e um exemplo da glória de Alá. Foi feito de carne, sangue e osso para que se lembre de sua própria fraqueza e falibilidade, e da grandeza e poder do nosso Criador.

Alá é belo e ama a beleza. Não fosse assim, Ele não nos teria feito como somos, e não teria criado o mundo tão belo como é. O Misericordiosíssimo também nos deu a mente para podermos louvá-Lo e servi-Lo. Devemos louvá-Lo em orações e cantos de fé, e devemos servi-Lo mediante os bons serviços prestados aos nossos semelhantes. Também devemos louvá-Lo aceitando e aperfeiçoando com alegria os dons e os prazeres dos sentidos que Ele conferiu a todos nós.

Saibam que o atributo da carne nos foi concedido pelo nosso Glorioso Criador não para ser negado, mas para ser desfrutado em sua plenitude. É abominável e blasfemo negar e rejeitar as dádivas de Alá em prazeres da carne e dos sentidos, e sejamos para sempre gratos a Ele por esses prazeres, que são como as estrelas e planetas que brilham e iluminam as trevas da noite da vida.

Saibam todos vós que os supremos prazeres da carne e dos sentidos são os que surgem da prática da cópula de homem e mulher (AL JIMA'A). A cópula é o ato fundamental concebido por nosso Criador para a propagação da Humanidade. É um ato complexo e significativo nos seres humanos, distintamente do que ocorre entre animais. Alá o fez tão prazeroso e atrativo para torná-lo constantemente imperativo. Cada nervo, cada órgão e cada músculo que possam ser usados devem tomar parte da cópula. Somente assim podemos agradecer e louvar mais inteiramente a Alá por Sua generosidade. É só assim que todos os sentidos a nós concedidos podem ser usados como o Misericordiosíssimo pretendeu. Somente assim a cópula dos seres humanos pode diferir da dos animais. Mas, infelizmente, embora isso devesse ser sabido, geralmente não é, e a prática da cópula pela maioria dos seres humanos parece, em todos os detalhes, com a dos cães, bois, aves e outros animais: um encontro apressado, instintivo, um tanto vil, selvagem e muito breve. O homem obtém um prazer escasso, e a mulher, nenhum. O resultado são tensões nos músculos, nos órgãos e nas articulações. Desse modo, os homens são transformados em bestas nervosas e opressoras, e as mulheres, em megeras.

É somente depois de ter vivido por completo minha paixão que tomo da pena para escrever este tratado, na esperança de com ele poder servir à glória de Alá e à Humanidade. Não espero qualquer recompensa ou promoção pessoal, e, agora que não sou mais subjetivamente tocado pelos prazeres dos sentidos e pelos estímulos da carne, posso escrever com mais objetividade e clareza sobre um assunto tão subjetivo. Foi por isso que esperei tanto, e estou agora completando meu octagésimo ano na Terra.

Sinto estar plenamente qualificado para escrever sobre uma questão tão importante, por ter sido um praticante da cópula nos últimos 65 anos. Sou, além disso, um médico renomado e de grande experiência, e aconselhei e tratei tanto homens como mulheres de Al Andalus[3] a Al Sind[4] e, para o norte, até Samarcanda[5], por toda a Arábia e no Iêmen[6], minha terra natal, onde estou agora escrevendo e à espera do meu destino.

Estimo ter desfrutado a cópula com muitas centenas de mulheres e ter examinado e aconselhado muitas mais. Assim, com a ajuda de Alá, empreenderei esta tarefa pondo toda essa vasta experiência na forma de um tratado para ajudar tanto os não-iniciados quanto aqueles que desejam sinceramente aperfeiçoar-se nas artes da cópula, e que Ele, em Sua infinita sabedoria e graça, nos abençoe com Seus favores adicionais, para que possamos louvá-Lo e adorá-Lo melhor e desfrutar Suas dádivas.

Nosso grande Profeta Maomé, que seja para sempre abençoado, mostrou-nos por suas próprias palavras e feitos como Alá tencionava que desfrutássemos a cópula. O Profeta casou-se com diversas mulheres e desfrutou a cópula com um número incontável de escravas. Ele disse: "AQUELE QUE É CAPAZ DE DESFRUTAR A CÓPULA"[7], E NÃO O FAZ POR QUALQUER RAZÃO, NÃO ESTÁ COMIGO E PERDEU SEU PARAÍSO TERRESTRE".

Nosso misericordioso Profeta disse também: "ABENÇOADA SEJA A MULHER APAIXONADA E RESPONSIVA NA CÓPULA E ABENÇOADO SEJA O HOMEM QUE LHE ENSINOU ISSO, E AMBOS ALCANÇARÃO O AUGE NAS DÁDIVAS DE ALÁ".

Li a maior parte da literatura publicada sobre cópula e descobri que a maioria dos autores ou são extremamente vulgares ou tristemente mal informados sobre a questão[8]. Isso impeliu-me mais do que nunca para o que considero um nobre empreendimento, e possa Alá conceder-me o tempo e a energia para terminá-lo antes do meu passamento.

Este tratado terá dois propósitos. O primeiro e mais importante é descrever em detalhe a verdadeira natureza e a prática da arte da cópula humana, o que resultará em tornar o ato um supremo prazer tanto para o homem quanto para a mulher. Que fique notada a ênfase no dever do homem de instruir a mulher nessa arte, pois, com sua inteligência modesta e falta de imaginação, ela não será capaz de por si mesma obter esses prazeres ou dá-los ao homem. Contudo, a melhor forma de instrução que o homem pode usar é atuar ele próprio com destreza, para que a mulher aprenda imitando-o. De outro modo, ele terá de se contentar com uma mulher que se comporta, na cópula, como uma vaca plácida.

O segundo propósito é proporcionar ao leitor um vislumbre da ciência da procriação e das realidades da reprodução humana, com outro vislumbre das diversas condições mórbidas comuns dos órgãos reprodutores humanos e os modos possíveis de as evitar e curar. Descreverei também, brevemente, as muitas aberrações que afligem alguns homens e mulheres.

Meu tempo sobre a Terra está acabando, e devo refrear a tendência à garrulice que costuma ocorrer quando se escreve sobre esses temas. Este tratado pode ser considerado curto demais por alguns. Contudo, tentarei incluir todo o conhecimento sobre questões relacionadas ao homem e à mulher que se buscam recolhidas ao longo de minha longa e ativa vida.

Ao começar agora, peço de novo a Alá, o Todo-Poderoso, por Sua ajuda e bênção e, acima de tudo, por Sua misericórdia.

I. Da estrutura do homem e da mulher*

> *Belos para a humanidade são o amor das paixões que vem das mulheres e o amor da prole, e montes guardados de ouro e prata, e cavalos e gado marcado e terras. Este é o conforto da vida do mundo. E com Alá é a morada mais excelente.*
>
> O SAGRADO CORÃO

A mulher

A RAÇA HUMANA foi criada por Alá, o Todo-Poderoso, e é composta quase igualmente de homens e mulheres; machos e fêmeas. Alá dotou-os de órgãos de cópula e procriação que são uma maravilha e um milagre em estrutura e função — outro testemunho da glória do Nosso Criador.

•

O homem é um ser que pensa e sente e deve levar à cópula seus pensamentos e sentimentos, tanto quanto seus órgãos. Só os animais copulam instintivamente, sem pensamento ou sentimentos.

•

O Islã, a única Religião verdadeira, reconheceu que a cópula deve ser sempre uma atividade prazerosa, que não deve ser negada a nenhum homem ou mulher. Pessoa alguma precisa privar-se voluntariamente[1] de tais prazeres na falsa crença de que, assim agindo, pode chegar mais perto de Alá para servi-Lo e glorificá-Lo com tão cruel privação. No Islã, práticas abomináveis como esta não existem. Nosso Profeta, abençoado seja o seu nome, disse: "O HOMEM TEM UM VISLUMBRE DO CÉU QUANDO ESTÁ NOS BRAÇOS DE UMA MULHER SUAVE, BELA E APAIXONADA".

•

A mulher, como o homem, foi dotada de seus próprios órgãos de cópula e procriação. Ela foi feita para desfrutar plenamente[2] a cópula, e não apenas para suportá-la em prol da procriação, como pregaram alguns falsos apóstolos. Alá abençoou a mulher apaixonada e responsiva, e na cópula ela deve sentir e dar prazer igualmente. No entanto, somente poderá fazê-lo se for instruída com liberdade e satisfação pelo homem. O instinto, por si só, não lhe servirá em muito. E a beleza de uma mulher deve causar deleite a si mesma e ao amante.

•

Alá deu à mulher pele fina e sensível, para que suas sensações, quando beijada, afagada, acariciada, mordida ou lambida, sejam muito mais prazerosas que as do homem. O corpo sem pêlos da mulher, com suas curvas suaves e fluidas, proporciona deleites ilimitados para si e para os olhos, as mãos, a língua e o pênis do homem. Louvor a Alá e nossas graças a Ele por todos estes dons.

•

A mulher foi criada por Alá da costela de Adão para ser a companheira deste em sua morada, dar-lhe filhos e ser seu prazer e seu deleite na cama. Se a mulher ficar feliz e satisfeita na cópula, será feliz em todas as suas outras atividades. Gerará filhos com alegria e terá partos fáceis[3]. Aguardará contente que seu marido, amante ou senhor venha abraçá-la e agradecerá a Alá diariamente por sua sorte. Será boa esposa, boa companheira, boa mãe e um bom Ser Humano. Será serena, gentil e suave, e estará em paz com o mundo e consigo mesma.

•

Os órgãos femininos

Farei agora uma breve descrição dos órgãos de cópula e procriação da mulher, e da função de cada um. Descreverei primeiro as partes externas, passando depois para as internas:

A vulva (AL FARJ) é a parte externa dos órgãos da mulher e está situada entre o ânus e o osso púbico. É formada externamente por um par de lábios verticais[4] (AL SHAFFAH AL KHARIJIYYAH) e internamente por outro par de lábios[5] (AL SHAFFAH AL DAKILIYYAH). Na junção exterior dos lábios internos, há um órgão pequeno, mas extremamente sensível e importante: o clitóris (AL BADHR).

Há dois orifícios no conjunto da vulva, que ficam ocultos pelos lábios externo e interno. O que fica em cima é a abertura do canal urinário. O outro, que fica mais abaixo, a cerca de dois dedos do ânus, é o orifício da vagina (BAB AL MAHBAL). Na virgem, este está parcialmente coberto por uma membrana chamada de hímen (GASHA' ALBAKARAH), que varia em aspecto de mulher para mulher. Em todos esses órgãos e estruturas a pele é extremamente fina e sensível, e proporciona sensações voluptuosas quando afagada, acariciada, lambida e beijada com suavidade, mas irrita-se e dói ao tato quando tratada com brutalidade.

A vagina (AL MAHBAL) é um canal flexível que, estando relaxada e lubrificada, pode estender-se para dentro para receber toda a extensão do pênis ereto do homem. A elasticidade máxima da vagina varia grandemente de uma mulher para outra.

No final da vagina encontra-se o orifício do útero (BAB AL RAHM), que é a entrada para o útero (AL RAHM). O útero é onde o bebê é sustentado durante a gravidez. Está ligado aos dois ovários (AL MABAYED), os quais se situam em cada lado do útero e na frente dos rins. Não vou prosseguir com as descrições anatômicas, já que isso não nos interessa diretamente neste tratado. Quero apenas acrescentar que essas estruturas intrincadas e complexas, que ainda abrigam muitos mistérios[6], devem fazer-nos pensar sempre com profunda humildade e lembrar constantemente a grandeza e a infinita sabedoria do Onipotente Alá.

Outra estrutura relacionada à procriação, e que constitui de fato agradabilíssimo acessório da cópula, são os seios da mulher. Os perfeitamente formados são uma delícia para segurar, beijar, afagar... Infelizmente, porém, essas estruturas logo perdem sua forma e ficam feias e caídas com o avanço da idade.

•

A única função real dos seios é produzir leite para a nutrição do bebê. Na maior parte do tempo eles se ajustam bem a essa função, se a mulher estiver feliz e satisfeita. Se ela estiver nervosa, adoentada ou for uma megera, seu leite ficará azedo. Disse o nosso Profeta: "ABENÇOADA É A MULHER CUJO LEITE É DOCE E FLUIDO, POIS ELA ESTÁ DANDO AO SEU BEBÊ O NÉCTAR DE ALÁ.

E QUE ALÁ AMALDIÇOE A MEGERA CUJO LEITE TEM O SABOR DO ENXOFRE DO INFERNO".

•

Os seios femininos apresentam grande variedade de formas e tamanhos. Não sei por que Alá, em Sua sabedoria, assim ordenou, visto que todos os seios servem para um só propósito, ou seja, produzir leite para o bebê. Contudo, posso dizer e acredito que a forma e o tamanho do seio de qualquer mulher são predestinados desde o nascimento. Pode ser que ela os herde de um único ancestral, ou que eles sejam uma combinação das formas e tamanhos de todos os seus ancestrais. Só Alá sabe com certeza.

•

Um tipo comum de seio é o redondo, que se parece a uma romã madura[7]. Nas virgens, é belo de se olhar e segurar, e o bico e a aréola não estão danificados pelo uso. Os seios são separados por um delicioso vale do qual se elevam as protuberâncias arredondadas nos dois lados. De perfil, este tipo de seio é a imagem da simetria do redondo, e sua parte inferior não se apóia nas paredes do tórax, mas oscila livremente acima dele. É o que tende menos a prostrar-se com as sugadas dos bebês e com a chegada da meia-idade.

•

Outro tipo de seio, mais incomum, é o de meia-lua, que, visto de frente ou de lado, lembra uma meia-lua. É curvado para cima e tem tendência a cair com o uso contínuo e o avanço da idade.

•

Um terceiro tipo de seio é o que de perfil se parece a um figo: pequeno e pontudo. Ele cresce em tamanho quando a mulher começa a produzir leite após o parto. Contudo, quando acaba o leite, ele encolhe de novo e fica enrugado como uma ameixa seca.

•

O seio que se parece ao de uma cabra é visto em algumas mulheres. Tem sempre mamilos muito longos e escuros. É comprido, estreito e caído, mesmo nas virgens, e repousa sobre o tórax da mulher, apontado para baixo, e chega-lhe às coxas quando ela se senta. Ai de mim! Nunca gostei de ver este tipo de seio, pois parece mais animal que humano.

•

Algumas mulheres são dotadas de seios enormes, parecidos a melancias. O vale entre eles é uma ravina bem estreita. As mulheres que os possuem podem ser magras ou robustas e têm tendência a várias afecções do peito e a tumores e úlceras neles próprios; em geral, isso acontece em um deles e muito raramente em ambos.

•

Finalmente, há mulheres que não possuem qualquer seio, cujo tórax lembra o de rapazes imaturos e sem pêlos. Apesar disso, elas podem ter mamilos grandes, e algumas delas, no final da gravidez, desenvolvem seios que podem não ficar muito grandes mas produzem leite abundante. Depois que elas deixam de amamentar, seus seios se encolhem, e o que lhes resta são dois mamilos longos e caídos.

•

Os mamilos dos seios das mulheres têm vários tamanhos, formas e tonalidades de cor. Também o tamanho e a cor das aréolas varia de mulher para mulher. Alguns mamilos crescem para fora, outros são pontudos, e certas mulheres os têm enterrados nos seios, o que as impede de amamentar seus filhos, mas elas são muito poucas.

•

Há aréolas que cobrem uma área redonda muito pequena em torno dos mamilos, enquanto outras cobrem quase a metade dos seios.

•

A cor dos mamilos e das aréolas nas virgens costuma ser rosa pálido. Contudo, algum tempo depois da defloração, a cor muda para um tom muito claro de castanho avermelhado. Isso talvez seja devido à absorção, de algum modo, dos fluidos do homem[8].

•

Algumas mulheres possuem pêlos ao redor de seus mamilos e sobre as aréolas, que chegam às vezes a ter meio dedo de comprimento. Quando arrancados, eles crescem de novo, muito lentamente.

•

Farei agora, brevemente, a descrição das diferentes formas e aspectos das mulheres normais:
Primeiro, há as mulheres com ancas fartas e cinturas finas. Estas costumam ter o tórax pequeno e estreito, ombros finos, delicados e elegantes, e pescoço longo e bem moldado. São belezas dignas de se ver e um

grande deleite para seus amantes. Suas pernas são retas e de formas proporcionais, estreitando-se para baixo para formar tornozelos delgados e elegantes, como os das gazelas[9]. Em geral, essas mulheres são de famílias boas ou nobres e podem ter estatura baixa ou alta.

•

Em segundo lugar, vêm as mulheres de ancas e cintura largas e tórax avantajado, que em geral têm as pernas e os tornozelos grossos. Elas são muito resistentes e costumam ter partos fáceis, a menos que seus filhos estejam em posição atravessada. É mais que provável que sejam de linhagem camponesa ou qualquer outra origem humilde.

•

Há as mulheres de ancas muito estreitas, como os rapazes, de cintura larga, tórax pequeno e pernas curtas ou longas, mas muito finas. Por serem pequenas e magras, suas vulvas parecem enormes. Essas mulheres estão fadadas a ter partos difíceis devido à estreiteza de suas vaginas[10]. Que Alá as ajude, alivie suas dores e sofrimentos e possa acolhê-las em Sua misericórdia.

•

As pernas em arco podem ocorrer em qualquer tipo de mulher, e também entre os homens. A curvatura dos ossos ocorre na infância, devido a causas desconhecidas[11] e misteriosas, e nada pode ser feito para endireitar os membros depois de arqueados.

•

Há mulheres cujos corpos são muito peludos, como os dos homens, especialmente nos membros. Algumas têm pêlos no peito, entre os seios e nos mamilos e aréolas. Algumas trazem uma penugem macia cobrindo grandes áreas dos ombros e das costas. Outras têm pêlos nos lábios superiores e no rosto, e deixam crescer a barba, como os homens. Contudo, suas vulvas podem ser completamente formadas, em cada detalhe. Assim, não se pode dizer que o crescimento de pêlos em mulheres seja devido à falta de feminilidade.

•

Que seja sabido que há criaturas nem completamente homens, nem completamente mulheres, mas uma combinação de ambos. São os hermafroditas (AL AKNATH), que descreverei depois. Agradeçamos a Alá por serem poucos estes cujas vidas são um tormento para si mesmos e para suas famílias.

•

Nosso grande Profeta disse: "ABENÇOADOS SEJAM O HOMEM PELUDO E A SUAVE MULHER SEM PÊLOS QUE É UM DELEITE PARA OS OLHOS E O TATO".

•

Há vários tipos de vulva. Em estrutura, porém, três tipos distintos podem ser considerados.

•

A vulva abobadada (DHAT AL QUBBAH) é a que se situa bem para cima, começando logo abaixo do osso púbico. É muito proeminente e abobadada. Olhando-a de frente, estando a mulher de pernas fechadas, pode-se ver nitidamente a junção superior dos lábios externos. Esta vulva tem aparência orgulhosa, deliciosamente orgulhosa, e, quando as coxas da mulher estão separadas, parece ainda mais protuberante e altiva.

•

A vulva fortemente labiada (DHAT AL SHAFAH) é a que possui lábios muito grandes e gordos. É vista, às vezes, em mulheres bem pequenas, e a desproporção é bastante excitante e agradável[12].

Contudo, o tamanho da vulva não tem na verdade relação com o do orifício vaginal, que pode ser muito pequeno e apertado, mesmo que os lábios vulvais sejam muito grandes.

•

A vulva encaixada ou recuada (AL MOUNZALI-QAH) é a que fica situada bem embaixo. A parte superior, a junção dos grandes lábios, é invisível quando a mulher está ereta com as pernas fechadas. A vulva só se revela quando a mulher abre as pernas e pode-se ver que começa bem abaixo do osso púbico.

Este tipo costuma ser pequeno, com lábios de aparência delicada, mas o orifício vaginal pode ser bem grande e amoldável.

•

Os vários tipos de vulva podem ser combinados para formar uma variedade infinita de formas, incluindo as características gerais dos três tipos básicos. Pode-se dizer que não há duas iguais.

Devo dizer que, para mim, qualquer que seja a sua estrutura, a vulva é o mais doce órgão deste mundo.

•

Na maioria dos escritos eróticos populares são mencionadas numerosas classificações, descrições e nomes para a vulva. Os nomes atribuídos costumam coincidir com as ações que, segundo se relata, ela realiza com o pênis durante a cópula, tais como morder, sugar, massagear e apertar, como se fosse uma estrutura livre e independente, capaz de agir por sua livre e espontânea vontade.

Isso é pura tolice, como irei demonstrar adiante, e esses nomes e descrições são dados por zombaria ou para excitar o leitor.

Outros escritores classificaram a vulva de modo mais elaborado e poético, dando-lhe os nomes de vários belos pássaros e animais[13]. O propósito disso também é provocar a paixão do leitor, mais que instruí-lo e aumentar seus conhecimentos.

•

A cor dos grandes lábios da vulva varia entre as diferentes mulheres. Pode ir do castanho-escuro ao cereja, sendo esta última a mais agradável, na minha opinião. As cores mudam de tonalidade de acordo com o grau de excitação da mulher[14], e o que no início era castanho pode ficar castanho-avermelhado, e o que era cereja torna-se vermelho de fogo, a cor mais excitante e atraente feita para aumentar o ardor do homem.

•

Quando se abrem ou se afastam os grandes lábios, são revelados os pequenos internos, que possuem a cor de uma rosa vermelha, e de vulva para vulva as tonalidades variam como ocorre de rosa para rosa. A cor dos pequenos lábios da virgem costuma ser muito pálida, como a de uma rosa vermelha quando começa a abrir-se. Essa tonalidade fica mais escura quando a virgindade é perdida e com as freqüentes entradas do pênis na vagina.

•

Os pequenos lábios mudam temporariamente de cor quando ocorre a excitação; eles se inflamam e se abrem, e a cor fica mais intensa e viva quando a paixão se avoluma na mulher.
Que bela visão é esta adorável criação de Alá, a vulva, e que prazeres promete em sua inflamação, abertura e umedecimento.

•

O hímen (GASHA' AL BAKARAH) é a porta principal para todos os prazeres sexuais. É uma cobertura e uma proteção da vagina, encontrada na esmagadora maioria das virgens. Existem, no entanto, aquelas poucas afortunadas que nascem sem ele, e por isso não sangram quando de sua primeira cópula. Isso dá origem a suspeitas, por parte dos maridos ou senhores, de que elas não eram virgens no momento do casamento ou da compra, o que pode ter graves conseqüências para todos[15]. Possa Alá, em Sua misericórdia, aliviar a carga dessas mulheres e garantir-lhes a compreensão e a compaixão de todos os envolvidos. Tais mulheres costumam não sentir dor alguma quando são penetradas pela primeira vez e talvez possam sentir prazer se tiverem parceiros instruídos.

•

No que tange à estrutura, os hímens são de quatro tipos básicos. Em todos eles, a espessura da membrana varia de muito fina para muito grossa, o que pode tornar a defloração (FADHAL BAKARAH) muito difícil e dolorosa e às vezes impossível, pois a dor pode ficar forte demais para que a mulher a suporte. Neste caso, ela se debaterá em grande agonia se o homem insistir. Felizmente, tais casos são raros. Dizem, e sabiamente: "DEFLORAR NÃO QUER DIZER FERIR OU MUTILAR. DEVE SER UM ATO DE TERNURA E COMPREENSÃO, E TALVEZ DE PRAZER".

Outro ditado muito antigo é o seguinte: "PARA GARANTIR O PERPÉTUO AMOR E DEVOÇÃO DAS MULHERES, DEFLORAI-AS COM A MAIOR DAS TERNURAS, POIS O AMOR MORRE NA PRIMEIRA NOITE SE A DOR SUBSTITUI O PRAZER".

O primeiro tipo de hímen pode ter a aparência da lua nova. É o que tem uma única ranhura longa e curva que se parece à curvatura da lua nova.

•

O segundo tipo de hímen é o que cobre a entrada da vagina e não tem mais que duas ou três perfurações de formato irregular, com beiras recortadas; talvez um dedinho possa passar com facilidade por essas ranhuras.

•

Há o hímen que cobre toda a entrada da vagina. É perfurado por muitos orifícios pequenos, talvez até quinze, lembrando assim um coador.

•

Finalmente, há o hímen que cobre somente parte da abertura da vagina. Em algumas mulheres, constitui mera aba de pele solta. Neste caso, a defloração é a mais fácil, pois não há qualquer barreira real para o pênis; pode não haver sangramento, ou talvez haja muito pouco, quando o pênis é introduzido na vagina pela primeira vez.

Muito raramente nasce uma menina cujo hímen cobre e sela completamente o canal vaginal. Essa condição só é notada quando a menina chega à puberdade (AL IBLAGH) e começa seu ciclo menstrual (AL HAYDH). Inicialmente, o sangue se acumula na vagina e, depois, volta para o interior do útero. Um grande desconforto e inchaço é sentido, e às vezes muita dor. Se essa condição não for tratada prontamente, cortando-se uma abertura no hímen para liberar o fluxo, a menina com certeza morrerá quando o sangue finalmente recuar para dentro do corpo e apodrecer, envenenando-a. Felizmente, graças a Alá, tais casos são fáceis de curar.

•

O clitóris é a sede e a primeira chave das sensações voluptuosas da mulher. É estranho e excitante constatar que um apêndice tão pequeno como aquele é em grande parte responsável pela iniciação do prazer da mulher na cópula.

Todos os demais órgãos são secundários, com exceção da vagina, que produz nas mulheres sensações de total volúpia, se estimulada por muito tempo pelo pênis do homem.

O clitóris é um órgão vital de prazer, e que Alá amaldiçoe os bárbaros do Egito e de outros países[16] que cortam o clitóris de suas meninas antes que elas cheguem à maturidade, privando-as assim de seu direito às sensações de prazer na cópula, sensações estas que são a dádiva de Alá a todas as mulheres. Assim, essas mulheres castradas são transformadas em criaturas insensíveis e ressentidas e a cópula com elas é como unir-se a um cadáver. Estes são horrores quase impossíveis de se conceberem.

O clitóris está situado na junção superior dos pequenos lábios da vulva.

Pode-se dizer que o clitóris, em sua forma e ação, é, de modo geral, parecido ao pênis do homem[17]. Ele se torna duro e inflamado, e fica ereto como o pênis quando acariciado, ou quando a paixão da mulher se acende. Tem uma cabeça pequena que lembra a do pênis, embora sem orifício; o órgão é completamente cego.

•

O comprimento médio do clitóris é de cerca de dois dedos mínimos, com o diâmetro ou a grossura do dedo de uma criança pequena. Estas são suas dimensões quando ereto.

A maior parte do clitóris fica oculta na carne da vulva da mulher, e apenas a sua cabeça aponta para fora entre a junção dos lábios. Em algumas mulheres o prepúcio ao redor da cabeça do clitóris, como o de um pênis não circuncidado, cobre-a e oculta-a completamente; neste caso, o clitóris não é evidente para os olhos e é sentido, quando ereto, como uma pequenina elevação entre os lábios da vulva.

Há casos, não muito raros, em que o clitóris é de proporções muito grandes e pode ser parecido ao pênis de um rapaz jovem. Quando em estado de ereção, ganha um tamanho magnífico, e a mulher que o possui costuma ser presa de uma paixão abrasadora e ser insaciável na cópula[18].

Todo homem deve possuir uma mulher assim, mas somente por um breve tempo, pois seu desempenho na cópula é uma revelação de movimentos e espasmos de luxúria que fazem vibrar o coração de qualquer um. Contudo, ela acabará por esgotar até mesmo o mais forte dos homens com seus desejos ilimitados, e com certeza irá procurar outros sob a compulsão de suas turbulentas necessidades. Que Alá garanta que tal coisa jamais aconteça a um verdadeiro crente.

Em última instância, tais mulheres devem ser objeto de compaixão, pois não conseguem controlar seus impulsos de luxúria e ou são mortas por seus maridos ou amantes, ou ficam loucas de paixão e se matam[19]. Que Alá as perdoe.

Passarei agora a descrever a vulva e suas mudanças de aspecto na excitação da paixão e na cópula, e que sensações ela proporciona às mulheres por sua manipulação e uso pelo homem.

•

O clitóris é a sede das sensações voluptuosas iniciais que envolvem a mulher que está sendo acariciada ou está copulando. Excitado desse modo, ou apenas por pensamentos lascivos que ocorrem na mente da mulher, aumenta de tamanho e endurece, tornando-se muito sensível ao tato. Pedi a algumas mulheres que descrevessem suas sensações quando seus clitóris estão sendo manipulados e responderam-me que são semelhantes a ondas de prazer crescentes, que começam na ponta do órgão e depois invadem o resto do corpo. Essas ondas penetram profundamente na vagina, chegam ao útero e ao ânus, e espalham-se para as nádegas, descendo depois para as coxas. Algumas mulheres sentem que elas descem até os dedos dos pés, que se contraem involuntariamente.

As ondas de prazer também se difundem para o tronco e para os seios, aréolas e mamilos, que crescem e ficam eretos. Acariciar os mamilos pode então produzir uma deliciosíssima contra-onda, que crescerá para baixo em direção ao clitóris. Essas duas ondas se encontrarão no centro do útero, que, juntamente com a vagina, começará a pulsar, desenvolvendo os mais intensos prazeres que levam ao orgasmo (AL SHABAQ)[20]. Este é o tipo mais intenso de orgasmo, como descreverei depois.

Os prazeres como os que resultam da manipulação do órgão podem subir e alcançar o pescoço e o rosto da mulher, e as raízes de seus cabelos ficam então sensíveis; os lábios aumentam ligeiramente de volume e ganham maior sensibilidade; suas narinas se abrem como as de uma égua no cio. Quando beijados, lambidos e sugados pelo homem, os lábios têm sensações muito prazerosas. Algumas mulheres sentem também o prazer correndo-lhe os braços, chegando até as palmas das mãos e as pontas dos dedos.

Os grandes lábios da vulva aumentam e se abrem, mudando de cor; os pequenos lábios são revelados, e também eles ficam mais volumosos, macios e abertos, revelando a entrada da vagina. É como o desabrochar de uma bela flor. Ah! que visão maravilhosa é esta, e como é perfeita a criação de Alá.

•

O tempo todo, desde o início das ações do homem ou apenas em virtude dos anseios e pensamentos da mulher, fluidos lubrificantes começam a derramar de vários lugares da vulva e principalmente do orifício da vagina[21]. Tais fluidos, em todas as mulheres jovens, saudáveis e limpas, têm um aroma muito nítido, agradável e excitante, e um sabor ligeiramente salgado, que uma vez saboreado jamais é esquecido. São pegajosos e de cor branca leitosa, e podem ser levemente viscosos ou como muco.

O propósito desses fluidos é obviamente o de lubrificar e assim facilitar a entrada do pênis e tornar a passagem deste pela vagina agradável tanto para o homem como para a mulher.

Que deleites aguardam o homem e a mulher desde o momento do desabrochar da vulva. Será uma verdadeira viagem ao jardim das delícias, sempre abençoada por Alá.

•

Os grandes lábios externos da vulva são relativamente insensíveis quando comparados ao clitóris e, embora se inflamem como resultado da manipulação, esta produz apenas sensações moderadas de deleite, mas ao tomar consciência do toque e das intenções do homem a mulher se excita imensamente.

•

Os pequenos lábios internos são sensíveis, e suas dobras internas, enraizadas no corpo da mulher, produzem sensações de grande prazer quando manipuladas pelo homem.

•

Na maioria das mulheres, o orifício da uretra é sensível. Contudo, só haverá prazer quando a lubrificação da vulva estiver completa e a área for acariciada e esfregada com muita delicadeza. Se os dedos do homem estiverem secos, causarão irritação no local.

•

O orifício vaginal é muito sensível e essa sensibilidade não está situada apenas na abertura, mas também em todo o canal vaginal, quando a mulher está excitada. Estimulado, ele fica flácido e pronto para receber o pênis ereto. Uma sensação muito cálida e intensa de volúpia é sentida pela mulher quando o pênis penetra mais profundamente no canal, cuja pele úmida se distende para acomodá-lo em todo o seu impulso para a frente. Se o pênis é suficientemente longo e a posição do coito favorável, ele chega até a entrada do útero, onde deve parar.

•

Antes de tentar acariciar a vulva, o homem deve assegurar-se de que suas unhas estão cortadas bem rentes, pois as unhas longas cortariam e arranhariam esse delicadíssimo tecido, o que resultaria mais em irritação do que em prazer.

Alá criou a vulva para ser acariciada e manipulada pelo homem. É permissível, e de várias maneiras muito mais excitante para ele e para a mulher, que o homem use os lábios, os dentes e a língua nas carícias à vulva[22].

Existem pessoas obtusas e sem inspiração que consideram essa tal prática indecorosa, imoral e anormal. Não concordo com isso de modo algum e acho que ela deve ser estimulada, por se tratar de uma experiência tão deliciosa para o homem e para a mulher.

A vulva é um órgão de supremas delícias e, sendo saudável, é tão limpa quanto a boca do homem e da mulher. Não vejo razão alguma para impedir que a boca e a vulva se unam em jubilosa carícia. A vulva é a entrada para os sagrados órgãos da procriação, e, se estes não são sujos nem abomináveis, por que deveria ela ser considerada intocável pelos lábios do homem?

Ao contrário, deve ser reverenciada pelo homem, pois é através dela que ele vem ao mundo. Ali está a entrada para os órgãos que Alá conferiu à mulher para a perpetuação da Raça Humana por toda a Eternidade.

Que tolos são os que afirmam que a vulva não deve ser tocada e acariciada pelos lábios do homem.

Os infelizes que não usufruem essa abençoada carícia perdem a oportunidade de tocar, cheirar e saborear o mais doce dos néctares. Deixam de fazer um gesto delicado e elegante, o mais amoroso que um homem pode proporcionar à sua amada antes de penetrá-la e satisfazê-la plenamente.

•

O homem não toca e acaricia a vulva da mulher assim que se encontra com ela. Só os brutos tentam fazer isso. Ele deve prepará-la antes, da maneira que mostrarei adiante. Mas, quando chegar a hora, e ele vai saber quando a mulher estará pronta, ela o receberá de bom grado, e sua vulva ficará úmida, inflamada e em flor.

Deve-se ter o cuidado de não começar a acariciar a vulva ainda seca, que deve ser considerada um aviso para o homem de que a mulher não está pronta e talvez não esteja reagindo a seus avanços. Persistindo, ele terá como único resultado a irritação da mulher.

O mesmo acontece quando ele tenta acariciar o clitóris ainda sem lubrificação.

Contudo, quando sentir que a vulva está úmida, comece a acariciá-la como um todo com seus dedos. Segure-a inteira com a mão e aperte-a delicadamente. Deixe que seus dedos vaguem pelas dobras internas dos lábios e afague essas áreas com delicadeza, mas firmemente.

Volte então ao clitóris e pressione-o, movendo os dedos para a frente e para trás. Apanhe-o entre o polegar e o indicador e aperte-o suavemente. Nesse momento, ele já deve estar completamente ereto e pulsante.

Role o clitóris entre os dedos, acariciando ao mesmo tempo a vulva como um todo. A mulher estará sentindo então uma extrema excitação e irá abandonar-se aos seus braços[23]. Mantenha esse movimento, de início com lentidão e depois com maior rapidez, mas sem deixar de ser suave e firme. Ao mesmo tempo, continue passando os dedos para cima e para baixo pelos lábios da vulva, tanto dentro como fora. Faça com que seus dedos penetrem ocasionalmente no orifício da vagina.

E lembre-se de que essas carícias devem ser feitas sem movimentos e pressões grosseiros, duros ou abruptos. De outro modo, a magia será perdida, cedendo lugar à irritação.

•

Chega então o momento de aplicar a doce carícia de seus lábios à vulva, e isso deve ser feito com extrema delicadeza de movimentos e gestos.

Leve sua boca até ela e percorra com a língua os lábios da vulva, no lado de fora e no de dentro, expondo o interior com a ponta dos seus dedos.

Aplique nos lábios vulvais, que deverão estar inflamados e prontos, as mordidas amorosas de seus dentes e sugue-os com seus lábios.

SABOREIE O AROMA E O SABOR DESTE MAGNÍFICO E BELO ÓRGÃO.

Leve a boca ao clitóris e apanhe-o entre os dentes. Puxe-o delicadamente e envolva-o com a língua.

Segure o clitóris entre os lábios e sugue-o, fazendo com que entre profundamente em sua boca e depois soltando-o, repetindo ritmicamente esse movimento para dentro e para fora.

Mantenha os dedos ocupados na carícia dos lábios e da carne da vulva, com incursões mais freqüentes no orifício vaginal.

•

Estimula-se melhor o orifício vaginal inserindo-se inicialmente um dedo e girando-o lentamente contra suas paredes. Quando o orifício estiver relaxado, dois ou talvez três dedos podem ser juntados, inseridos e girados da mesma forma. Esse movimento deve aumentar em velocidade, mas não rápido demais e nunca feito de maneira áspera ou abrupta.

•

Continue mantendo a boca ocupada com o clitóris, chupando-o ritmicamente e acariciando o resto da vulva. Isso produzirá um sem-fim de delícias e de excitação para a mulher, que logo poderá chegar ao seu primeiro orgasmo.

•

Além da vulva, os seios da mulher, quando manipulados com habilidade, produzem sensações de intenso prazer, superado apenas pelas sensações resultantes da manipulação do clitóris[24]. Alá assim ordenou, para que as mulheres possam obter um prazer intenso que as mantenha interessadas na amamentação de seus filhos. O impulso ao prazer por meio da amamentação é tão forte que as mulheres não podem ser levadas a negligenciar seus filhos. Alá seja louvado por dar um propósito a todas as suas criações e desígnios.

•

As sensações de prazer nos seios da mulher concentram-se principalmente nos bicos e nas aréolas. Estas são as estruturas que o bebê põe na boca para sugar.

A maioria das mulheres relata que essa ação do bebê em seus seios produz nelas intensas sensações de volúpia que invadem o corpo todo, em especial o útero e a vagina, chegando até a ponta do clitóris. A maioria das mulheres sente que o útero se contrai prazerosamente. É o mesmo prazer sentido com as ações dos homens em seus seios.

Não há olhar mais belo ou arrebatado do que o da mulher que está amamentando seu filho. Às vezes esse olhar pode tornar-se totalmente luxurioso, parecendo enevoar-se de paixão; podem-se ver tremores de deleite percorrendo o corpo da mãe durante a amamentação. Muitas mulheres disseram-me que às vezes sentem orgasmos quando estão amamentando seus bebês. Algumas experimentam um orgasmo a cada vez que amamentam.

•

Os seios devem ser liberados de tudo que os rodeie ou oculte e pender livremente quando você está pronto para acariciá-los. Somente assim o gozo pleno pode ser obtido pelo casal.

Segure o seio com a mão, aperte-o com suavidade e depois massageie-o. Rode o mamilo entre o polegar e o indicador até que ele inche e fique duro. Esfregue suavemente a base do seio, onde este se junta ao tórax. Beije e lamba o vale entre os seios. Essas áreas também são sensíveis e essa sensibilidade aumenta quando o mamilo está ereto.

Depois assopre o mamilo e tome-o na boca. Passe a língua sobre ele e a aréola e molhe bem a região com saliva. A mulher terá as sensações mais voluptuosas quando todas essas partes estiverem bem molhadas.

Sugue o mamilo, primeiro devagar e depois com mais vigor, e envolva com os lábios toda a aréola, atraindo o seio para bem fundo dentro da boca. Ao mesmo tempo, massageie o seio com os dedos, do mesmo modo que a criança faz com a mãe.

Continue com vigor a sucção no mamilo e na aréola, mas seja bastante gentil, para evitar machucar ou irritar o seio. Não deixe que seus dentes mordam o bico com força, inadvertidamente, embora pequenas mordidas delicadas de vez em quando aumentem o prazer da mulher. E mantenha sempre a área toda bem molhada de saliva.

Pode-se julgar o grau de excitação da mulher pela maneira como passa a agir então. Se ela colocar a mão na sua nuca e puxar a sua boca para mais perto do seio dela, estará experimentando um grande prazer. Estará soltando grandes suspiros e poderá começar a contorcer-se involuntariamente.

•

Na troca de carícias entre o homem e a mulher, não há nada mais doce do que o beijarem-se nos lábios e na boca[25].

Os lábios e a boca dos homens e das mulheres são muito sensíveis ao toque entre ambos, e muito prazer e excitação serão colhidos se isso for feito com sofisticação e habilidade.

As mulheres parecem ter bocas muito mais sensíveis do que os homens, e derivam muito mais prazer do beijo. Isso pode explicar por que as mulheres gostam de demorar-se no beijo sem qualquer desejo aparente pela cópula, a não ser muito depois, enquanto os homens tentam rapidamente e sentem um desejo urgente de copular após alguns poucos beijos preliminares. O beijo não os satisfaz realmente, mas os incita a desejos mais urgentes.

As virgens, especialmente, derivam do beijo toda a satisfação por que anseiam, pois nenhuma outra parte do corpo delas é estimulada. Contudo, uma mulher experiente deseja ardentemente a cópula depois de se ter satisfeito com os beijos.

O beijo (AL QBLAH) começa com o toque entre os lábios do homem e da mulher; seus narizes devem encaixar-se perfeitamente, de modo que os lábios se superponham em todo o seu comprimento. E então podem ser iniciados os movimentos dos lábios do homem sobre os da mulher, e uma pequena quantidade de saliva pode ser passada pela língua dele para umedecer o contato entre os lábios, que ficarão mais sensíveis, tornando esse contato mais prazeroso.

Nesse momento, a mulher experiente abre os lábios e, ao fazê-lo, descarrega na boca do homem a saliva que esteve acumulando na sua.

As línguas de ambos passam então a encontrar-se e a acariciar-se, e há uma troca ininterrupta de doce saliva entre as duas bocas.

•

Enfatizo que é absolutamente essencial que a boca tanto do homem como da mulher deve estar muito fresca e limpa antes de se tentar qualquer forma de beijo. Se, antes do encontro, fez-se uma refeição com alimentos que deixam odores e sabores fortes, como cebola, alho ou temperos picantes, deve-se tomar um cuidado especial para lavar da boca esses sabores e odores. Todas as partículas de comida devem ser removidas de entre os dentes e a boca deve ser lavada por dentro e por fora com água e sabão, e depois enxaguada diversas vezes com água-de-rosas.

Não há nada mais doce, gostoso e estimulante do que saborear a saliva do ente amado, mas, se a boca estiver suja e a saliva azeda, não há nada mais desagradável. Mas, ai!, muita gente se esquece disso e se apressa em beijar logo depois de comer.

Disse o Profeta: "AS BOCAS E OS CORPOS SUJOS DOS HOMENS E DAS MULHERES SÃO O FLAGELO DO AMOR". Que grande verdade!

Alá disse: "A LIMPEZA TEM AFINIDADE COM A FÉ". Não deixeis de levar isso em conta, todos vós de boa fé[26].

•

Ao prosseguir o beijo, abra bem sua boca e sugue os lábios da mulher. Faça com que sua língua passeie por toda a boca de sua parceira e nas áreas entre os lábios e os dentes, que são muito sensíveis. Deixe que a mulher lhe faça o mesmo, e saboreie sua língua e suas carícias. Não se deve ficar impaciente e apressar-se com o beijo, pois nada deixa a mulher mais pronta para a cópula do que essa doce carícia.

•

Ao se beijarem, você e a mulher se homenageiam, mesclando bocas e respirações. Ambos respiram quase como uma única pessoa, e isso deve intensificar desejos e prazeres, para que ambos sejam levados ao cume da viagem para o êxtase.

•

A área entre o orifício da vagina e o ânus é muito sensível, e produz sensações prazerosas se acariciada, em especial durante a cópula. Isso deve ser acompanhado por incursões de um dedo na vagina quando o pênis está inserido. Com isso, a vagina fica mais apertada e o pênis exerce mais pressão sobre o clitóris. Essa carícia é especialmente benéfica se o pênis for estreito, ou se a vagina larga demais, ou se a posição do homem em relação à mulher não permite ao pênis pressionar suficientemente o clitóris.

•

O ânus da mulher é feito de uma pele muito delicada e sensível, semelhante à da vulva e à dos lábios da boca. Quando acariciado delicadamente, esse orifício pode produzir espasmos de prazer que serão sentidos na vagina. É bom lembrar que a área deve ser muito bem limpa antes da cópula.

•

Para baixo da vulva, as coxas da mulher são muito sensíveis, sobretudo na parte interna. Nas mulheres esses membros são redondos e macios, de aparência muito sedutora e um grande deleite de se olhar e acariciar. Devem ser tocadas, afagadas, beijadas, mordiscadas e lambidas, e isso pode ser feito enquanto se está acariciando a vulva com as mãos e com a boca antes da cópula. Enquanto se acaricia a vulva com a boca, as mãos e os dedos devem correr para cima e para baixo ao longo das coxas, o que proporciona à mulher um grande prazer adicional.

Durante a cópula, e quando se está em uma posição apropriada, as coxas podem ser beliscadas, alisadas e beijadas.

•

Descendo-se mais pelas coxas chega-se aos joelhos, às barrigas das pernas e aos pés. As pernas, quando bem formadas, são muito excitantes para o homem, assim como todas as partes do corpo de uma bela mulher. Podem-se alisar os pés e fazer cócegas neles, o que aumentará o gozo e o abandono.

•

Para cima da vulva, as ancas se estreitam na pequena cintura da mulher, que pode ser abraçada com ternura, afagada e beijada. Em algumas mulheres, a área acima dos rins é sensível, e, quando acariciada, elas reagem com suspiros de prazer.

•

Ainda mais para cima está a barriga, que deve ser acariciada enquanto as mãos e a boca do homem estão passeando entre os seios e a vulva. Há muitos pontos onde se deter por uns momentos, para beijar, lamber, afagar e beliscar. Tudo isso dá mais magia ao momento e aumenta os prazeres e os desejos do homem e da mulher.

•

A pele das axilas da mulher é sensível e seu aroma é estimulante, em especial na excitação, quando exsuda um odor bem definido de feminilidade, que lembra vagamente o da vulva. Ao inalar esse odor o homem tem sua excitação e seu ardor aumentados.

•

As costas da mulher devem ser abraçadas, afagadas e beijadas, especialmente ao longo da espinha, que é a área mais sensível. É muito estimulante deitar uma mulher de bruços e depois percorrer com a boca sua espinha para ver como se contorce de prazer. Faça isso por algum tempo e depois mordisque os ombros dela. Ah! quantos lugares existem para se afagar e beijar uma mulher, e como é infindável o tempo quando se está fazendo isso!

•

O pescoço da mulher é um de seus traços mais atraentes. Quando esbelto, longo, bem formado e sem manchas é excitante para o tato e para o olhar. É uma área muito sensível, a parte de trás mais do que a da frente. Às vezes a mulher pode ficar louca de prazer se sua nuca for mordida e sugada. Seus movimentos sob o homem ou envolvida nos braços dele são sublimes.

•

A mulher tem a cabeça cheia de pontos sensíveis e reage com paixão quando eles são afagados e beijados.

As bochechas, as pálpebras e as sobrancelhas devem ser beijadas e acariciadas, enquanto se murmuram ternas palavras de carinho para ela.

Assoprar ou mordiscar as orelhas ou atrás delas aumenta a paixão da mulher.

•

As raízes dos cabelos da mulher são sensíveis ao tato, e ela reage com suspiros de prazer ao ter seus cabelos alisados ou puxados com delicadeza, enquanto o homem afunda o rosto neles e sente o seu viçoso perfume.

•

Os braços, as mãos e os dedos da mulher são uma delícia para se pegar, acariciar, beijar e mordiscar. A parte de dentro do antebraço é a mais sensível, e os beijos e mordiscos nessa área fazem com que a mulher enrosque os braços em torno do homem em grande arrebatamento.

•

Descrevi assim, breve mas plenamente, o corpo da mulher e as maneiras de excitá-la, de modo a fazer dela uma parceira alegremente disposta e apaixonada, para que possa lançar-se, ávida e ofegante, à cópula.

Somente assim poderá o homem abordar a mulher, pois se ela não estiver preparada, ou disposta, chegar-se a ela será fazer como os animais. Somente assim pode o homem obter para si mesmo e para a mulher os mais altos e enlevados cumes de paixão e o máximo em prazeres e volúpia.

A menos que a mulher esteja pronta para a cópula e ávida por ela, é um crime e um grave pecado tentar montá-la contra a sua vontade.

Alá decretou que o homem só pode penetrar uma mulher quando ela o aceita livremente. Se ele a forçar, será amaldiçoado por Alá e por Seu Profeta, e condenado ao Inferno[27].

O homem

Alá criou o homem para que trabalhe por Sua glória. Deu-lhe uma mente, o que o situou bem acima dos animais, e fê-lo diferente da mulher tanto em mente como em corpo; na mente para que ele pudesse realizar, e no corpo para que ambos pudessem procriar e confortar e agradar um ao outro.

•

O homem é um pensador. Um construtor, um explorador e um cientista. É também dotado de uma sexualidade positiva e agressiva. É, ao mesmo tempo, homem e macho. O lado homem é sua característica humana; o lado macho é sua característica procriadora. Possui cérebro e mãos para construir, explorar e lutar pela glória de Alá, e possui órgãos de procriação para copular e emprenhar as mulheres. O impulso da cópula ocupa apenas parte de seus pensamentos e sonhos, uma parte relativamente pouco importante, a não ser para aqueles homens cuja sexualidade é tão forte que lhes ocupa por inteiro o pensamento e a ação e nesses impulsos são parecidos às mulheres; tais homens são inúteis para a Raça Humana, pois não contribuem com nada.

•

Ao longo de toda a história da Humanidade, a mulher teve um papel muito importante em levar prazer e conforto ao corpo e ao coração do homem, mas, no avanço da civilização, sua participação foi menor, pois ela se ocupou principalmente do próprio corpo. Houve vezes, contudo, em que a mulher teve grande peso na destruição da civilização[28], pois instigou o homem a usar seu corpo integralmente com ela; o homem esqueceu-se de seu dever para com Alá, e Alá o esmagou[29].

•

A mulher contribui muito com sua suavidade para tornar a vida do homem mais fácil, animada e prazerosa, e proporciona-lhe um deleite supremo ao coração com suas reações na cópula.

•

Não é intenção deste tratado ocupar-se das várias realizações do homem, mas, sobretudo, dar-lhe informações e instruí-lo sobre como obter para si mesmo e para a mulher o máximo de prazer nas relações entre ambos.

Alá dotou o homem de órgãos positivos para a cópula, a fim de que possa assediar a mulher e finalmente dominá-la e penetrá-la quando ela estiver disposta e ávida para submeter-se. Nesse assédio, que no homem civilizado é apenas simbólico, a mulher se submete com alegria se o homem lhe for atraente, e tem grande excitação e prazer desde o princípio da caça até o momento em que abre as pernas e é penetrada, quando então participa ativa e apaixonadamente ao ato da cópula.

•

Com seu corpo belo e macio, a mulher funciona como um forte ímã para o homem. Ele é impelido, por instinto e inclinação, a caçá-la, e ela, por sua vez, deseja essa caça e a provoca ativamente com seus encantos. Ela é apenas momentaneamente submetida quando é montada, mas nesse momento entrega-se à paixão nos braços do homem. No final, ele é que é vencido, submetido e capturado, pois ela lhe detém o pênis bem fundo em sua vagina e rodeia-lhe o corpo com os braços e coxas, forçando-o, com os movimentos de ambos, a descarregar seus fluidos, nisto realizando o seu próprio destino de mulher.

•

Para capturar e dominar a mulher, neste caso e ao cortejá-la, o homem deve pôr em ação o melhor de si. Precisa de tato, compreensão e ternura, e, com certeza, de pleno conhecimento das técnicas do coito, empregando-as até mesmo para possuir sua mais humilde escrava, pois, se não o fizer, irá desagradar Alá e descerá ao nível dos animais, cujos machos encurralam a fêmea no cio, montam-na rapidamente e, com uns poucos movimentos das nádegas, logo terminam.
Infelizmente, há muitos homens assim![30]

•

Para atrair a mulher, o homem precisa ter aparência, cheiro e maneiras agradáveis, pois do contrário será repelido e não dará a ela prazer algum.
A maior satisfação que um homem pode ter com a mulher é saber que pode satisfazê-la e contentá-la, ao mesmo tempo em que é gratificado. Este é o segredo do verdadeiro prazer na cópula. O homem só obtém o maior prazer quando a mulher está recebendo o mesmo, e isso resulta principalmente de seus esforços e exemplo[31].

•

Os órgãos masculinos

Ao contrário da mulher, cujos órgãos de cópula e de procriação são internos, o homem os tem externamente.

O primeiro, e o mais proeminente, é o pênis (AL QADHIB ou AL AYR). Apresentei aqui apenas dois dos nomes mais comuns, mas este órgão recebeu mil nomes na literatura erótica, na maioria muito vulgares e sem qualquer relação com sua forma ou função verdadeira.
O pênis é o órgão da cópula. É também o órgão da urinação.
Está suspenso entre as coxas, ligado ao corpo abaixo do osso púbico, a mais ou menos cinco ou seis dedos de distância do ânus.
Possui apenas um orifício e um canal, por onde passam tanto a urina quanto o líquido seminal, sendo este último descarregado durante a cópula, no momento do orgasmo. O canal, que é um tubo redondo, estende-se desde o orifício na cabeça do pênis, a qual parece uma pequena boca com lábios orientados verticalmente, e desce seguindo o lado de baixo do pênis sob a pele até o escroto (AL SAFN).
Em repouso, o pênis varia em comprimento e circunferência de homem para homem. O maior que observei em minha prática tinha cerca de sete dedos de comprimento[32], e tornava-se monstruoso quando ereto, com mais ou menos a largura de duas mãos e meia de comprimento[33], e a circunferência de cinco polegares[34]. Esse pênis pertencia a um escravo negro muito jovem e grande que me foi trazido para ser examinado.
Observei que os maiores pênis pertencem à Raça Negra (AL ZINJ), enquanto os menores pertencem aos Francos[35] (AL FARANJ).

•

Na base do pênis e suspensos dentro do escroto, que é uma bolsa de pele muito sensível mas muito dura, normalmente coberta de pêlos, estão situados os dois testículos (AL KHASYATAYN); são objetos que, em tamanho e forma, se parecem a ovos de grandes pombas nos adultos. Estão ligados muito folgadamente, um à direita e outro à esquerda do pênis, podendo mover-se com bastante liberdade dentro do escroto.

É interessante notar que a temperatura do escroto é mais baixa do que a do resto do corpo em todos os momentos. Por que motivo isso acontece, eu não sei. Talvez o líquido seminal seja mais bem conservado a essa temperatura inferior e, desse modo, não se estrague[36]. Só Alá sabe com certeza.

Interessante notar também que, quando o homem está em pé, um testículo parece mais baixo que o outro. Na maioria dos casos que observei, o mais baixo era o direito. Não sei por que isso acontece.

•

A grande maioria dos bebês do sexo masculino nasce com a cabeça do pênis envolta por um pedaço de pele que normalmente cobre a cabeça toda. Em alguns, essa pele, o prepúcio, é muito comprida, lembrando uma pequena tromba de elefante, pois é enrugada e possui muitas dobras. Raras vezes uma criança nasce sem essa pele, não precisando, portanto, de circuncisão (AL TOHOUR)[37]. Foi ordenado que todos os verdadeiros crentes devem ser circuncidados, e é melhor realizar essa operação antes da puberdade (AL IBLAGH), quando ela é muito menos dolorosa.

A circuncisão torna o pênis mais limpo. Sem ela, sempre algum material se acumula ao redor da cabeça, o qual se torna muito nocivo.

•

Convém mencionar, embora seja evidente, que a ereção é essencial para a penetração na vagina, no sentido de depositar o líquido seminal (A'SA'EL AL MANAWI) produzido pelos testículos[38] e armazenado até ser descarregado em um impulso de pressão pelo orifício do pênis na parte superior do canal vaginal. Isso acontece quando o homem chega ao orgasmo (AL SHABAQ).

Alá, em Sua glória, realiza esse milagre, e é sempre espantoso dar-se conta de que a origem de um homem ou de uma mulher está contida em algumas gotas de líquido.

O líquido seminal costuma ser branco leitoso, embora às vezes tenha uma coloração amarelada, e tem a consistência de muco. Seu odor é adocicado e muito característico.

O máximo de produção de líquido seminal ocorre nos rapazes quatro ou cinco anos após a puberdade e, nessa idade, eles podem descarregá-lo por meio do sonho, da masturbação (AL ISTIMNA'A BE AL YADD) ou da cópula, até dez vezes por dia.

A descarga por meio dos sonhos (AL ISTIHLAM) pode ocorrer durante o sono sem que nenhum sonho seja lembrado, e ter por único indício o camisolão de dormir ou os lençóis manchados.

•

Quando o homem envelhece, a sua capacidade de ter muitos orgasmos diminui, mas a freqüência entre homens da mesma idade varia muito. As capacidades de alguns homens diminuem rapidamente após uma certa idade, em geral entre a meia-idade e a velhice. Eles podem experimentar talvez um ou dois orgasmos por semana, enquanto outros conservam a capacidade de ter orgasmos todos os dias até chegarem a uma idade bem avançada[39].

•

Entretanto, para todos os homens, cada um a seu tempo, e acredito que isto esteja escrito e predestinado, chega o momento em que a ereção do pênis e o orgasmo não são mais possíveis. Nada pode ser feito para remediar isso, e a condição torna-se a circunstância permanente do homem até sua morte.

•

Há vezes em que a ereção não é possível em virtude de uma doença ou fraqueza passageiras; essa condição é temporária e, mais cedo ou mais tarde, a ereção volta. Isso pode ocorrer nos jovens e nos velhos, mas os primeiros recuperam-se muito mais rapidamente.

•

Sou da opinião de que a condição de impotência permanente (AL U'NNAH) resulta de uma total aridez dos testículos, da diminuição da quantidade e pressão do sangue e da atrofia dos músculos que levam o pênis à ereção.

•

Quando eretos, há três tipos de pênis no tocante à forma, mas sem relação com o tamanho, que varia de homem para homem.

•

O primeiro tipo, o mais freqüente, é o que apresenta a forma de um bastão cilíndrico e reto.

•

O segundo tipo é o que se curva para cima e em direção ao corpo. Assume a forma de um bastão suavemente curvo, com uma curvatura que varia de um sexto a um oitavo da circunferência de um círculo. Esse pênis é o ideal para a cópula, pois se encaixa na curvatura natural da vagina.

•

O terceiro tipo, que é relativamente raro, é o pênis que se curva para baixo e para fora, afastando-se do corpo, com uma curvatura que pode chegar até a um sexto da circunferência do círculo.

•

A maioria das mulheres acha esse tipo de pênis difícil, e às vezes doloroso, para acomodar na vagina.

•

Vi alguns que se curvam no meio, quase em ângulo reto quando eretos. Na cópula, os desafortunados possuidores de tais instrumentos só conseguem inserir na vagina sua ponta, e mesmo isso é feito com grande dificuldade.

•

A cabeça do pênis contém o orifício que é a porta de saída da urina e do líquido seminal.

Normalmente, essa cabeça tem um pescoço que, na ereção, é mais delgado que ela. Na ereção, a cabeça incha e se achata, e uma dobra parece rodear sua parte inferior, o que faz a cabeça e o pescoço lembrarem a naja indiana (AL SALL).

A pele da cabeça e do pescoço é feita de um tecido muito fino e sensível, que parece ser do mesmo tipo que o da vulva, da boca e do ânus. Quando essa área é umedecida e esfregada e afagada com suavidade pela mulher, uma grande volúpia toma conta do homem, e a sensibilidade aumenta com o grau de excitação e, portanto, com o estado de ereção do pênis.

•

Quando o homem sonha com uma mulher, ou pensa nela ou a vê, normalmente começa de imediato a ter uma ereção. Sem tal ereção, a cópula é impossível. Logo, é evidente que, para copular, o homem deve ficar com o pênis ereto. Sem isso, seus pensamentos, sonhos e paixão ficarão sem se realizar e serão em vão.

•

Para procriar, o homem deve ter capacidade de ficar com o pênis ereto, de inseri-lo na vagina da mulher e de mantê-lo assim até ejacular. Se durante a cópula ele perder a ereção, com certeza seu pênis deslizará para fora da vagina e não poderá ser inserido de volta até ficar de novo ereto.

Nos muito jovens, o ato de inserção do pênis na vagina até a chegada do orgasmo é muito rápido e dura apenas o tempo de uns poucos movimentos de nádegas. Em geral, a recuperação é rápida e pode haver outra ereção em menos de uma hora; aí, de novo uns quantos movimentos das nádegas produzem mais líquido.

Nesses homens o ato pode ser repetido diversas vezes por dia, talvez até dez, mas isso é excepcional e não pode continuar por muito tempo.

•

À medida que envelhece, o homem vai tendo cada vez mais dificuldade de manter a ereção até ejacular e levando mais tempo para ter outra depois da ejaculação. Todo homem chega finalmente à idade em que se torna incapaz de manter a ereção por qualquer período apreciável de tempo. Esses homens, que costumam ser velhos, podem às vezes ser capazes de manter a ereção por períodos muito curtos, mas não até ejacular. São assim capazes de copular, mas não de procriar, e serão sábios se atenderem as palavras do Profeta: "NÃO BUSCAI NAS MULHERES O FRUTO DA PAIXÃO SE NÃO TIVERDES DENTES PARA TANTO".

•

Explicarei agora como se produzem o orgasmo e a ejaculação no homem:
Pode-se ver que a primeira excitação produz a ereção no homem. Logo em seguida, monta na mulher e a penetra. Suas nádegas e os músculos do abdômen e de todo o corpo ficam tensos. À medida que ele se move para a frente e para trás, para dentro e para fora da vagina, a tensão vai aumentando, até chegar a um ponto em que os músculos não podem ficar mais tensos e não suportam mais o estado em que se encontram, de modo que subitamente se liberam. Isso resulta em espasmos desses músculos, e os que envolvem o pênis empurram o líquido para fora do escroto, para o canal peniano e para dentro da vagina.

A razão de isso ser acompanhado de deliciosas sensações de prazer é ao mesmo tempo um mistério e uma bênção de Alá.

Devo acrescentar aqui que o pico do prazer é sentido imediatamente antes de o líquido começar a fluir do orifício do pênis.

•

Entre os animais, a cópula só tem lugar em épocas especiais e por períodos muito limitados. Nessas épocas, a fêmea fica pronta para a cópula quando a vagina está úmida e bem lubrificada, emitindo um odor poderoso que atrai e estimula a ereção do macho, fazendo com que ele procure montar nela.

Uma vez montada, a fêmea fica parada enquanto o macho se movimenta para produzir o orgasmo. Uma vez feito isso, o macho separa-se imediatamente da fêmea.

O período de disposição dos animais para a cópula varia de uma espécie para outra e pode durar de algumas horas a alguns dias, e a freqüência do retorno desse período depende da duração do tempo de gestação da espécie. Entre os babuínos, por exemplo, a fêmea conserva a vagina úmida e preparada por cerca de cinco dias, período no qual o macho a monta quase continuamente, mesmo que ejacule apenas duas ou três vezes por dia. Se ela não for fertilizada, estará novamente preparada para a cópula dentro de cerca de um mês.

Em todos os demais momentos, há total indiferença sexual e é impossível para o macho montar na fêmea, mesmo que o deseje, pois a vagina dela está completamente seca e não pode ser estimulada para ficar úmida. Além disso, a fêmea foge quando o macho se aproxima.

Durante a cópula dos animais parece não haver nenhuma verdadeira percepção de prazer, mas apenas patadas, mordidas e estocadas que, na ação e nos ruídos, se parecem a um combate mortal.

II. Das artes e da ciência da cópula[1]

Copulai e propagai-vos para que eu vos possa louvar entre as nações no dia do juízo final.

O PROFETA MAOMÉ

POR GRAÇA DE ALÁ, o homem e a mulher, ao contrário dos animais, são dotados do impulso e do desejo constantes de copular um com o outro. A vagina da mulher sempre fica úmida e pronta ao menor estímulo de seu amante. O homem e a mulher podem então desfrutar a cópula pelo tempo que quiserem, e esse tempo depende da capacidade do homem de manter sua ereção. E tal capacidade é a única chave para a cópula prolongada que resulta em longa excitação e prazer para ambos.

•

Os afagos e as carícias prazerosas entre homem e mulher não têm limite de tempo e podem prosseguir até que um ou ambos caiam exaustos. Mas a cópula só pode ter início quando o pênis do homem fica ereto; e a mulher, enquanto o amar, terá a vagina sempre úmida para ele, mesmo durante o período menstrual (FATRAT AL HAYDH).

•

Os prazeres mais deliciosos e supremos do homem e da mulher só podem ser obtidos na cópula. Outros tipos de prazer podem ser alcançados por manipulação e carícias, mas a volúpia plena só se consegue na cópula.

•

Infelizmente, os homens que desconhecem e ignoram as artes da cópula não conseguem prolongar o tempo desde a penetração até o momento em que ejaculam. Na verdade, a maioria dos homens age como os animais e mal pode esperar até montar na mulher; após uns quantos movimentos das nádegas eles ejaculam e se saciam, depois do que viram de lado e dormem[2].

Observei que a mulher obtém seu mais alto prazer apenas na cópula. Sendo esta prolongada, ela experimenta diversos orgasmos das mais deliciosas variedades. Isso resulta das várias tensões que se acumulam durante a aplicação de pressão pelo pênis, simultaneamente no clitóris, nos grandes e pequenos lábios da vulva, no orifício e nas paredes da vagina e no colo do útero, tudo isso em conjunto com as outras tensões produzidas pelas manipulações e carícias que o homem lhe propicia nos lábios, nos seios, nas nádegas e nas demais áreas sensíveis do corpo.

•

Há uma espécie de orgasmo que pode ser experimentado pela mulher mediante a manipulação do clitóris e sem cópula[3]. Mas ela não a satisfaz completamente, deixando-a um pouco tensa se não for levada a pelo menos um orgasmo pela cópula.

•

Minha experiência me ensina que o orgasmo do homem, que também pode ser obtido pela manipulação, torna-se muito mais intenso e voluptuoso se for retardado por horas na cópula. Isso é chamado de Retenção do Orgasmo (AL IMSAK AN AL SHABAQ)[4]. No final, quando não é mais possível ou desejável reter, ou se a mulher está totalmente exausta, a indução desse orgasmo produz no homem prazeres indescritíveis, sendo tão longo que parece não ter mais fim. Isso contrasta nitidamente com o orgasmo curto e de frêmitos moderados obtido pela manipulação ou após uns poucos movimentos dentro da vagina.

Outra grande satisfação, igualmente importante, da retenção do orgasmo é o profundo prazer do espírito experimentado quando o homem testemunha muitos e intensos orgasmos na mulher, que só se tornam possíveis sob sua tutela e que a fazem amá-lo com grande admiração e paixão.

Após horas de prazeres como esses, o homem e a mulher, em completa exaustão, ficam estranhamente refrescados de corpo e de espírito e o sono surge com rapidez e doçura, e todos os problemas e pesares mundanos são esquecidos e um novo dia será saudado com humildes agradecimentos a Alá Todo-Poderoso por seus dons de alegria, tranqüilidade e amor.

•

A maioria dos homens pode chegar ao auge da perfeição nas artes da cópula se for capaz de manter por horas a ereção. Isso permitirá à mulher ter um orgasmo após outro. Tenho observado constantemente que a mulher comum é capaz de atingir até dez orgasmos antes de ficar completamente saciada, e isso pode acontecer em um período de três horas de cópula.

•

Com algumas mulheres, que não são muito saudáveis ou robustas, é aconselhável retirar o pênis após cada orgasmo, para que possam descansar; depois, porém, elas podem ser montadas repetidamente.

Assim se passam noites de beleza e paixão, e o pleno potencial de prazer nos corpos dos homens e das mulheres é manifestado e usado de acordo com os desígnios de Alá.

•

Ponderei por muito tempo sobre a capacidade do homem para reter o orgasmo à vontade e estranhamente a resposta me chegou quando, por volta dos trinta anos de idade, observava um animal encontrado em grande número em minha terra natal no Iêmen — o babuíno (AL RABH)[5].

Havia já algum tempo que eu sabia ser o orgasmo do homem causado pela descarga de tensão dos músculos, como descrevi antes. Sabia que essa tensão aumenta com os movimentos rítmicos das nádegas quando o homem introduz e tira o pênis da vagina.

Como não me era possível observar diferentes homens e mulheres na cópula, voltei-me para a observação e o estudo dos babuínos, que são os mais próximos do homem em conduta e estrutura. Fiz com que alguns deles fossem capturados e guardei-os em uma grande jaula no meu jardim.

O grupo era formado por um macho e três fêmeas, todos adultos. Devo mencionar aqui que o babuíno é um dos animais mais ativos na cópula. Os machos parecem manter uma ereção quase constante, e copulam quase continuamente com as fêmeas no cio.

Certo dia, as fêmeas da jaula estavam todas no cio, e observei o macho indo avidamente de uma para outra, montando cada uma por alguns minutos e mantendo o tempo todo a ereção total.

O macho apanhava uma fêmea, montava nela casualmente e começava de imediato seus movimentos, mas parecia estar muito relaxado. Quando eu me aproximava da jaula, ele me observava com forte interesse e acompanhava com os olhos os meus passos, mas o tempo todo mantinha seus movimentos, ocasionalmente coçando a cabeça e olhando em torno ao acaso. Poucos minutos depois, ele desmontava da fêmea e dirigia-se a outra sem alarde, ainda em estado de ereção. Montava nesta e, mais uma vez, começava com seus movimentos negligentes de penetração. Num certo momento, ele notou uma barata no chão ao seu lado e, sem desmontar, agachou-se, apanhou-a e comeu-a com grande prazer[6]. Tudo isso sem parar com suas estocadas.

Finalmente, após uma hora ou mais, período no qual ele montou em todas as fêmeas diversas vezes cada, agarrou uma delas e penetrou-a. Seu corpo ficou mais arqueado e tenso, seus olhos vidraram; ele esqueceu-se do ambiente e de mim, e seus movimentos tornaram-se mais rápidos e frenéticos. Pouco tempo depois, soltou um profundo suspiro grunhido, seu corpo tremeu e sua cabeça tombou momentaneamente sobre o peito. Depois disso ele desmontou da fêmea e eu observei que seu pênis não estava mais ereto. O babuíno acabara de ter um orgasmo.

Ele repetiu isso duas ou três vezes, mas depois passou o resto do tempo montando as fêmeas negligentemente, sem orgasmos.

•

Foi de repente, naquele dia, que encontrei a resposta nas ações daquele animal estúpido. O babuíno estava praticando a retenção do orgasmo e, desse modo, ele conseguia manter-se quase constantemente e durante o dia inteiro em cópula com as fêmeas úmidas e dispostas. Seu segredo era obviamente o estado de relaxamento em que se mantinha. Quando desejava um orgasmo, só precisava tensionar-se para em poucos momentos alcançá-lo. Era como se ele soubesse o que estava fazendo.

Experimentei na mesma noite o que havia descoberto. Assim que montei na mulher, que era minha escrava, senti minhas nádegas tensionarem-se instintivamente, mas relaxei e comecei meus movimentos para trás e para a frente de maneira suave, mas positiva. A cada vez eu sentia que meus músculos ficavam tensos de novo. Relaxando, sentia-me afastar do orgasmo iminente, e assim continuei com meus movimentos casuais.

Naquela noite fui capaz de segurar-me por meia hora e, quando o orgasmo chegou, foi o mais intenso, prazeroso e longo que jamais experimentara. Valeu muito a pena ter segurado.

A mulher teve dois orgasmos vaginais intensos, ao passo que antes, quando eu passava apenas alguns minutos nela, ela sentia apenas prazer clitoridiano. Ficou totalmente impressionada e deliciada, proclamando que eu me tornara um novo e muito excitante senhor para ela.

EM MEU ZÊNITE, PUDE DETER-ME POR MAIS DE TRÊS HORAS A CADA VEZ[7].

Falarei agora sobre os orgasmos das mulheres, que são muitos e variados. Antes, devo enfatizar que para a procriação o orgasmo do homem é essencial, e nenhuma mulher pode conceber sem ele. Todas as mulheres, contudo, podem conceber sem ter um orgasmo, e a maioria delas o faz, porque seus homens se esgotam após alguns minutos de cópula.

•

A mulher não descarrega nenhum fluido especial quando tem seu orgasmo, ao contrário do que equivocadamente se pensa[8]. Acredito que a descarga muitas vezes vista e sentida quando a mulher tem seu orgasmo é apenas o líquido lubrificante produzido pela vulva e pela vagina durante a cópula, que se acumula na vagina e é expelido pela contração desta durante o orgasmo. Esta é a verdade sobre esse fenômeno.

•

O orgasmo feminino varia em volúpia de uma mulher para outra e com a mesma mulher em momentos diferentes, e essas variações dependem do homem e do que ele faz com ela durante a cópula, e de como faz o que faz. As sensações da mulher dependem também do quanto ela ame seu parceiro.

É claro que, basicamente, o orgasmo feminino é semelhante enquanto resultado da súbita descarga de tensão de seus órgãos e músculos, mas essa descarga ocorre em momentos diferentes e por diferentes motivos, até na mesma mulher.

O comportamento das mulheres durante seus orgasmos é muito variado, como descreverei. Isso, na verdade, irá provar o que acabo de postular.

Em primeiro lugar, vou descrever o orgasmo que pode ser produzido em todas as mulheres pela manipulação hábil do clitóris, com ou sem cópula. Ele produz sensações parecidas em todas as mulheres; é o orgasmo vaginal que tem tantas variedades.

•

O orgasmo clitoridiano (SHABAQ AL BADHAR) é produzido pela estimulação do clitóris[9]. É claro que a manipulação de outras partes do corpo da mulher simultaneamente à do clitóris aumenta grandemente seu prazer.

O tempo necessário para se chegar naturalmente a esse orgasmo varia com a mulher e sua experiência, e depende do homem que lhe está dando prazer. Em geral, chega-se a esse orgasmo com muita rapidez e, na ausência de um homem, as mulheres o provocam por si mesmas manipulando o clitóris.

Para produzir o orgasmo mais voluptuoso deste tipo é melhor estimular o clitóris com a boca e com a língua. Isso é intensamente agradável e excitante para a mulher e também para o homem, com o sabor e o aroma da vulva ajudando a manter a ereção se ele tiver alguma dificuldade.

Mais de um orgasmo pode ser induzido dessa forma, mas, segundo se pensa, o melhor é que a mulher seja penetrada logo após tê-lo experimentado e que se trabalhe no sentido de lhe propiciar um ou mais dos deliciosos e voluptuosos orgasmos vaginais.

Contudo, se a ereção não puder ser induzida ou mantida, por todos os meios induza um segundo e um terceiro orgasmos com a boca e a língua, se isso ainda estiver agradando a ambos.

A chegada do orgasmo clitoridiano é anunciada por uma súbita tensão nas nádegas da mulher, seguida rapidamente por inspirações irregulares de ar. Ela começará então a mover as nádegas para a frente e para trás com muita rapidez, talvez até dez vezes até tudo acabar. É estranho que a maioria das mulheres raramente grite durante este tipo de orgasmo, mas algumas gemem suavemente quando exalam o ar.

•

O orgasmo vaginal (SHABAQ AL MAHBAL)[10] é um fenômeno complexo que só ocorre na cópula. A principal área de sensações causadas por ele está nos órgãos de procriação, dentro da mulher. Mas uma volúpia pulsante irradia-se para todo o seu corpo. Esse orgasmo pode, na verdade, começar no clitóris e a partir dele difundir-se para todo o corpo. Se os seios estiverem sendo afagados ou sugados, começarão a pulsar com uma forte sensação de prazer. Se a mulher estiver sendo beijada na boca, sentirá o orgasmo na boca e na língua. Portanto, o grau de volúpia e a intensidade do prazer dependem do homem e do que ele faz. A mulher só pode reagir.

•

Descreverei agora alguns dos orgasmos que causei em várias mulheres. A memória me serve ainda bem, e lembro-me da maioria das mulheres realmente apaixonadas com quem copulei. Lembro-me ainda de seus nomes e posso ouvir o som de seus risos. Lembro-me ainda da maciez delas e do frenesi de seus movimentos e dos gritos de prazer deliciado que soltavam durante a paixão.

Ah! mas tudo isso são agora lembranças e logo irei encontrar-me com o Criador, a quem agradecerei por todos os favores e bênçãos que concedeu a mim e às minhas amadas, durante toda a minha longa vida.

•

Os diferentes orgasmos das mulheres

A selvagem (AL MUTAWAHISHAH)

Aminah era uma bela escrava negra da cor do ébano. Tinha um corpo elegante e traços delicados, e caminhava furtivamente como uma pantera na caça.

Seus orgasmos eram selvagens e muitos, e, quando próxima do prazer, ela soltava um grito baixo, mas penetrante, que soava: "Aiiiiiiiiiii...", e me agarrava loucamente. Suas pernas se escancaravam e os movimentos rítmicos de reação de suas nádegas detinham-se. Eu então sentia sua vagina começar a pulsar rapidamente; ela soluçava profundamente e arqueava as costas até seus seios ficarem esmagados contra o meu peito. Eu então tomava um deles na boca e começava a sugá-lo vigorosamente e ela gritava sem parar e tremia violentamente. Certa vez, aproximei minha boca da sua para beijá-la e levei uma violenta mordida nos lábios; tenho até hoje a cicatriz dessa mordida.

Os orgasmos de Aminah duravam mais ou menos o tempo que se leva para contar até quinze, depois do que ela se aquietava e relaxava com os olhos fechados. Em pouco tempo, porém, ela começava de novo a mover suas nádegas de encontro a mim.

•

A inquieta (AL DA'IMAT AL HARAKAH)

Munirah era uma jovem egípcia que tomei por esposa quando ela estava com cerca de quatorze anos de idade. Suas ancas eram largas e a cintura, estreita. Tinha longos cabelos negros cintilantes e a cor do trigo novo.

Era virgem quando casei com ela, mas não me foi preciso muito tempo para treiná-la, pois era muito boa aluna e aderiu às artes do amor rapidamente e com alegria.

Desde o momento em que eu a penetrava, ela não parava mais de se mover e de se contorcer sem cessar. Seus orgasmos vinham prontamente e em rápida sucessão, e ela continuava com seus movimentos enquanto isso, sem deixar de exclamar o tempo todo: "Oh... Ah... Oh... Ah... Oh... Ah...".

Seus olhos ficavam sempre arregalados, mas sem ver nada, pois estavam vidrados; os líquidos de sua vagina fluíam copiosamente.
Reter o orgasmo com ela era extremamente difícil. Não existem muitas iguais.

•

A suplicante (AL RAJIYAH)

Wardah era uma moça das montanhas da Síria[11], de tez branca como o leite.

Sempre ficava tensa quando eu entrava nela, e não se mexia, mas me envolvia com braços e pernas e não me soltava mais, e a mim cabiam todos os movimentos.

Quando um de seus orgasmos sobrevinha, ela se soltava de mim e abria bem as pernas, e eu podia sentir sua vagina começar a contrair-se, enquanto seu tronco se ondulava.

Ela começava a mover a cabeça de um lado para outro e a gemer lastimosamente como se sentisse dores, dando enormes suspiros e repetindo em uma voz entrecortada: "Por favor... Por favor... Por favor... Por favor..." sem parar.

Perguntei-lhe por que falava assim, e ela respondeu que o prazer era tanto a ponto de quase sufocá-la e temia que seu coração parasse e portanto me suplicava que pusesse um fim às minhas ações. Depois riu maliciosamente, dizendo que obviamente queria que eu continuasse.

•

A espantada (AL MUTA'AJIBAH)

Zulafah era outra moça da Síria, e tinha muitos encantos em um corpo que ondulava durante a cópula. Gostava de ser beijada quase continuamente e sua boca ficava colada à minha desde que eu a penetrava. Sua longa língua ficava entrando e saindo da minha boca; o cheiro dela era sempre muito fresco e sua saliva doce ao paladar.

Na cópula, seus movimentos de ancas eram lentos e preguiçosos, e suas mãos vagavam por todo o meu corpo.

Os orgasmos de Zulafah eram anunciados por um aumento de ritmo e intensidade nos movimentos das nádegas. Suas pernas, que até esse momento ficavam bem levantadas e bem abertas, se enroscavam em mim e seus movimentos ficavam muito rápidos, quase frenéticos. Ela soltava então um longo grunhido, quando a primeira convulsão vaginal a surpreendia, e começava a sussurrar roucamente: "Não... Não... Não... Não... ", e continuava esses sussurros até saciar-se.

Quando lhe perguntei por que repetia a palavra "não", respondeu-me querer com isso dizer que não conseguia acreditar que mulher alguma pudesse experimentar tais prazeres e sempre ficava espantada e desconcertada quando tinha seus orgasmos e, por alguns momentos, hesitava entre estar acordada ou apenas sonhando.

Zulafah era uma moça muito doce, muito fácil de desconcertar e agradar.

•

A tagarela (AL THARTHARAH)

Hanifah era uma moça de Sanaa[12], no meu Iêmen natal. Era pequena, mas perfeitamente formada, sem qualquer defeito na pele.

Tinha uma vulva enorme em relação ao seu tamanho, mas seu orifício vaginal era pequeno e apertado. Tomei-a por esposa quando ela estava com cerca de quinze anos de idade.

Ela era muito quieta e tímida, e só falava quando lhe dirigiam a palavra, e mesmo então respondia muito brevemente, com os olhos abaixados e uma voz muito baixa. Tinha uma natureza doce, e eu a amava.

Durante nossos afagos antes da cópula, ela não dizia uma única palavra, mas me acariciava habilmente, como eu lhe ensinara.

Quando a penetrava, ela se tornava outra pessoa e começava a murmurar as palavras mais agradáveis, como: "Oh, meu senhor, eu o amo... Oh, meu senhor, por favor... Oh... beije-me, meu senhor... Oh.. sou sua escrava... Isso é uma maravilha... Ah... Ah, meu senhor", e continuava assim o tempo todo e os movimentos de suas nádegas não deixavam nunca de corresponder aos meus.

Quando seu orgasmo começava, ela parava seus movimentos e juntava bem as pernas debaixo de mim, apertando-as ritmicamente, e dizia de novo: "Ah... isto é o céu, meu senhor... o senhor é tão bom para mim... Ah, por favor, meu senhor, não pare... Ah... Ah... Rápido... por favor, meu senhor, rápido... Não... Ah...", até saciar-se completamente. Então ela escancarava as pernas para que eu a penetrasse mais profundamente, e sempre sussurrava alegremente: "Obrigada, meu senhor... Obrigada".

Os orgasmos de Hanifah eram longos, e duravam o tempo que se leva para contar até vinte.

•

A puro-sangue (AL ASILAH)

Mansurah era uma beduína de Nejd[13]. Tinha cerca de treze anos de idade quando me casei com ela. Tinha um olhar atrevido, e ensinei-lhe muitas coisas.

Treinei-a bem, e ela tornou-se magnífica em suas

voluptuosas reações. Era como uma égua puro-sangue, que corcoveava e se arqueava e arfava sob mim.

Quando um orgasmo a tomava, ela arqueava as costas até ficar apoiada apenas nos ombros e na extremidade das nádegas, e eu tinha de remover o meu peso de cima dela. Ficava perfeitamente rígida, apenas a vagina pulsava e seu corpo tremia como se tivesse febre. Mas ela nunca proferia uma só palavra, apenas resfolegava profundamente. Seu orgasmo era longo, até que finalmente caía exausta e por alguns minutos dava a impressão de estar adormecida. Então eu a beijava na boca e nos seios, e ela reanimava-se; eu a penetrava novamente e ela começava a corcovear debaixo de mim.

Que montaria magnífica ela era, e como eram voluptuosos os meus próprios orgasmos no final.

•

A estranha (AL GHARIBAH)

Helena era uma cativa da ilha de Creta[14], que comprei no Cairo quando ela estava com cerca de vinte anos de idade. Era forte e atarracada, com pernas grossas, mas macias. Sua pele era branca, tinha os olhos verdes e o rosto agradável. Quando ficou grávida, nos casamos, e ela me deu três filhos.

Graças a Alá, pude convertê-la ao Islã; mudei seu nome para Fátima e ela abandonou para sempre seus costumes pagãos. Tenho a certeza de que hoje ela está no Céu, pois era muito devota.

Em seus orgasmos ela me apertava e se contorcia sob mim, abrindo e fechando as pernas espasmodicamente, e sempre murmurava palavras e frases estranhas em sua língua nativa. Eu lhe perguntava o que havia dito, e ela respondia que não se lembrava, pois estava em um tal estado de êxtase e se sentia tão perdida que nunca conseguia lembrar-se do que dizia ou fazia.

Por um momento, durante o orgasmo, sua vagina se apertava tanto que causava dor ao meu pênis, mas depois relaxava de novo. Fátima era muito estranha e maravilhosa no amor e nos abraços, e estou seguro de que me adorou até o dia de sua morte.

•

A faminta (AL JA'IAH)

Hafizah era filha de um médico com o qual estive associado quando morei em Samarcanda[15].
Tinha cerca de 22 anos de idade quando a conheci na casa do pai. Era viúva, tendo perdido o marido um ano antes, e estava ainda vestida de luto. Pela maneira como andava e me falava e olhava para mim, senti sua natureza apaixonada latente. Ela me atraía e me excitava, e por isso pedi sua mão em casamento. Uma semana depois, estávamos casados.

Hafizah tinha uma vulva pequena e de aparência delicada, mas seu clitóris era grande. Revelou-se insaciável na cópula, e praticamente pulou sobre mim na primeira vez em que ficamos sozinhos.

Seus orgasmos eram curtos, mas muito fortes, e ela chorava como se sentisse dores, repetindo sem cessar: "Ai... Ai... Ai... Ai... Ai... Ai... Ai... Ai...". Costumava ter seu primeiro orgasmo logo depois que eu a penetrava; ofegava profundamente e começava a movimentar os flancos com violência. Quando terminava, movimentava-se com mais lentidão, mas nunca ficava parada; em pouco tempo, aumentava novamente o ritmo e outro orgasmo tomava conta dela, fazendo com que gritasse: "Ai... Ai... Ai... Ai... ".

Certas vezes ela tinha dez orgasmos em uma hora, e esse era o máximo de tempo que eu conseguia ficar dentro dela.

No início, fiquei deliciado com o ardor dela, mas

logo aquele frenesi todo começou a fartar-me, em especial depois de perceber que nunca conseguiria satisfazê-la, mesmo copulando com ela dias inteiros, sem qualquer descanso. Convenci-me de que ela seria feliz com qualquer homem que tivesse uma ereção perpétua. Por isso, divorciei-me dela após três meses de casamento.

•

A soluçante (AL BAKIYAH)

Esta foi uma cativa franca[16], e eu não sabia o seu verdadeiro nome. Comprei-a em Damasco, onde estava em missão especial para o Irmão do Grande Saladino, e chamei-a de Dhabyah[17].
Tinha pelo menos vinte anos menos que eu, e fora cativa por cerca de um ano. Entendia e falava muito mal o árabe.
A mulher era alta e grande, com um corpo muito bem formado. Seus olhos eram azuis como o mar e seu cabelo tinha a cor da palha e chegava-lhe até a cintura.
Seu rosto era largo, seus lábios, vermelhos e espichados, parecendo prontos para beijar, e seus dentes, brancos e parelhos. Era um deleite para o olhar.
Submeteu-se a mim com muita docilidade, mas permaneceu fria como gelo e não se entregou ao prazer. Fui muito suave com ela, embora me excitasse grandemente, e ela não se moveu nem suspirou quando montei nela. Contudo, sua vulva ficou molhada com as carícias que lhe fiz antes de penetrá-la. Beijei-a na boca, mas ela não a quis abrir para mim e recusou-se a deixar-me beijá-la na vulva.
Certo dia, cerca de dois meses depois, eu a havia montado e estivera trabalhando nela por mais ou menos uma hora. Naquele dia eu estava decidido a conti-

nuar até cair e sentia-me em um tremendo estado de excitação. Peguei um de seus belos seios na boca e suguei-o com vigor e persistência. Com as mãos, elevei suas nádegas para que seu clitóris tivesse um contato mais firme com a base do meu pênis e aumentei a freqüência de minhas estocadas. De repente, ela ofegou como se sentisse dor e achei que talvez a tivesse mordido sem querer. Soltei seu seio da boca e olhei para o rosto dela; Dhabyah estava olhando para mim com os olhos arregalados e, de repente, lágrimas abundantes surgiram deles, e ela os fechou com força, erguendo os braços, que até então estavam largados, e abraçando-me com força. Suas ancas começaram a responder às minhas estocadas e seus orgasmos vieram, fazendo com que ela gemesse e soluçasse selvagemente. Ficou soluçando e gemendo até se saciar.

Seu orgasmo levou muito tempo para terminar e tenho a certeza de que durou o tempo que se leva para contar até trinta. Foi o mais longo orgasmo que jamais testemunhei em qualquer mulher.

Depois de a ter saciado, beijei-a na boca e ela a abriu para mim e permitiu que minha língua a penetrasse, mas poucos minutos depois ela virou o rosto afogueado para outro lado e adormeceu profundamente.

A partir de então ela passou a ter orgasmos regulares em nossa cópula, mas poucas vezes teve outro tão violento ou prolongado quanto o primeiro. No entanto, sempre soluçava após cada orgasmo, e nunca consegui fazer com que me dissesse por quê. Talvez nossa cópula sempre a fizesse lembrar-se de um marido ou amante perdido que lhe proporcionava tanto prazer quanto eu. Ou talvez seu próprio prazer a fizesse soluçar pela intensidade.

Morreu um ano depois, de uma doença grave.

•

A torturada (AL MUTA'ADHIBAH)

Lala era uma escrava berbere[18] que me foi dada pelo emir de Fass[19], a cujo serviço estive por algum tempo. Tinha a pele muito clara, o corpo grande e os olhos azuis. Quando a recebi, talvez estivesse com trinta anos de idade, mas ainda parecia jovem e era forte e saudável.

Quando estávamos copulando, eu a penetrava e acariciava, enquanto ela ficava com as pernas dobradas e bem abertas, o peito arfante com suspiros convulsivos; ficava assim desde o momento em que eu a penetrava.

Seus orgasmos eram anunciados por grunhidos pouco naturais, emitidos do fundo da garganta, e davam a impressão de que ela estava sufocando; seu rosto ficava quase púrpura. Sua vagina começava a pulsar e seus braços e pernas me envolviam para depois soltar-me, alternadamente.

Seus grunhidos e sufocações continuavam durante todo o orgasmo, que durava talvez o tempo que se leva para contar até quinze ou vinte.

Seus orgasmos acabavam abruptamente, e ela caía em um desmaio durante o qual ela se desligava completamente de tudo. Seu rosto ficava muito pálido e suas extremidades, muito frias. Permanecia assim por alguns minutos.

Quando lhe perguntei pela primeira vez se havia sentido alguma dor ou desconforto, ela ficou surpresa com a pergunta e disse que, ao contrário, os orgasmos produziam nela grandes e inexplicáveis prazeres e delícias, chegando a um ponto em que ela não conseguia mais suportar e perdia os sentidos.

Depois de seus orgasmos ela sempre se sentia muito revigorada e quando voltava a si pedia-me à sua maneira doce que a montasse e penetrasse de novo; sempre estava ainda molhada e pronta para mais prazeres.

Descrevi apenas alguns da infinita variedade de orgasmos das mulheres, mas acho que esses exemplos bastam para ilustrar minha tese.

As mulheres são criaturas prodigiosas, um dom de Alá para nós, e suas reações são uma alegria e uma bênção. Alá em Sua sabedoria as fez assim e uma diferente da outra, para que os homens procurem unir-se a tantas quantas puderem, pois cada uma trará uma nova delícia.

Se todas as mulheres houvessem sido criadas iguais na aparência, no temperamento e na faceirice, logo nos cansaríamos delas, e o mundo se despovoaria em um curto intervalo de tempo.

•

A preparação para a cópula

Você deve abordar a cópula com muita atenção e preparação, se quiser que seja um ato de homens e não de animais. Só assim os verdadeiros prazeres e deleites poderão ser obtidos para você e para a mulher, seja esta uma esposa, escrava ou amante.

•

Sempre, se possível, avise a mulher de que pretende visitá-la nos aposentos dela, ou que ela deve vir aos seus[20]. Assim ela terá tempo para lavar-se e arrumar-se e preparar-se para os seus braços, dando atenção especial à vulva e removendo todo o excesso de pêlos do corpo, lavando o cabelo e perfumando o corpo, fazendo-se assim desejável e encantadora.

Você também deve lavar-se e arrumar-se. Corte bem as unhas, raspe todo o excesso de pêlos ao redor da boca e apare a barba com elegância.

Tanto você como a mulher devem estar vestidos

com roupas frescas, folgadas e sem partes incômodas, e fáceis de tirar, para que você não fique atrapalhado quando chegar o momento de se livrar delas.

•

Não coma uma refeição pesada antes de buscar a cópula, pois isto o deixará sonolento e entorpecido. Acima de tudo, evite qualquer alimento que possa causar flatulência.

Mande aprontar uma cesta com frutas e também nozes de todo tipo, e talvez um jarro de mel e um pouco de pão fresco. Assim, vocês podem começar seus momentos juntos beliscando esses petiscos, que também podem servir para revigorá-los mais tarde.

Você não deve nunca consumir alimentos temperados, pois os temperos estragarão o aroma e o sabor de sua boca, e também criarão um odor corporal desagradável quando transpirar durante a cópula.

Chegue com um aroma fresco e limpo na boca. Ela será a primeira parte a ser usada ao cumprimentar a mulher. Lave-a completamente com água e sabão, e depois enxágüe-a com água-de-rosas forte.

•

Cumprimente a mulher com um abraço terno e ardente, e mostre sempre por palavras e atos que você a escolheu porque nenhuma outra lhe pode dar tanto prazer. Isso deve deliciá-la, pois todas as mulheres ficam encantadas com os elogios.

Sente-se com ela por algum tempo, conversando sobre temas amenos e divertidos. As mulheres, no início, gostam de ser cortejadas de maneira lenta e suave.

Acaricie-lhe os braços e o pescoço, e beije-a nos lábios. Se ela abrir a boca para você e enfiar a língua em sua boca, estará indicando que deseja ardentemente a cópula, e você poderá passar aos gestos mais sérios.

Contudo, se ela não abrir a boca para o seu beijo, não está ainda disposta a jogos mais ousados.

Beije-a, acaricie-a, ponha a mão dentro da blusa dela e pegue um seio; desça a outra mão até a vulva, que a essa altura já deverá estar úmida e quase pronta. Quando a respiração da mulher ficar pesada e ela estiver mais agarrada a você, ajude-a a tirar a roupa e reduza-se à nudez completa, levando-a para a cama. Agora ela está pronta para os afagos sérios e as manipulações e beijos ardentes.

•

Passe então a explorar sua vulva e a estimular seu clitóris, enquanto suga um seio e acaricia o outro pressionando-o com seu próprio peito em um movimento de esfregação. Levante ocasionalmente o rosto e leve sua boca até a dela, chupando-lhe os lábios.

Com a mão, leve um pouco do fluido da vulva para os seios e acaricie-os com seus dedos lubrificados. Isso deve dar a ela sensações mais voluptuosas, e o aroma e o sabor do seio deve ficar mais excitante para você quando voltar a pô-lo na boca.

•

Vou contar-lhe agora o segredo do sucesso, se você quiser proporcionar à mulher e a si mesmo o máximo de prazeres e de volúpia, o que a deixará pronta e ansiosa para ser penetrada e manterá o prazer de ambos no cume durante a cópula:
ESFORCE-SE SEMPRE PARA BEIJAR, AFAGAR, ACARICIAR E MANIPULAR SIMULTANEAMENTE TANTAS PARTES DO CORPO DA MULHER QUANTAS SEJA POSSÍVEL.

Este é o único segredo que, juntamente com a sua contenção do orgasmo, deve levar ambos às mais altas sensibilidades da carne.

•

Quando estiver beijando a mulher, não se limite a agarrar-se a ela desajeitadamente. Com uma das mãos você deve acariciar-lhe o seio e o mamilo e, com a outra, afagar-lhe a vulva e o clitóris. Seu corpo não deve ficar parado como um cadáver ao lado da mulher, mas estar em constante movimento contra o corpo dela. Suas coxas devem acariciar as dela, e até os dedos dos seus pés devem acariciar os dela. É preciso ensinar a mulher a corresponder do mesmo modo para o seu prazer. Ela deve responder com o corpo, os braços, as mãos e a boca, e não apenas aceitar placidamente o seu abraço.

Felizmente a maioria das mulheres, salvo as carentes de sentimentos ou idiotas, não precisa de instruções diretas sobre essas coisas. Quando vêem e sentem o homem afagando-as com habilidade, reagem tornando-se hábeis em afagos.

•

Desça agora com a boca e mordisque levemente a vulva, sentindo o seu sabor e o seu aroma. Sugue o clitóris e nunca deixe as mãos e os dedos parados. Com uma mão, ou com ambas, manipule os seios da mulher. De vez em quando, tire os dedos dos seios e faça com que eles percorram amorosa e ternamente o corpo da mulher, do pescoço para baixo até onde consiga alcançar. Suas mãos e seus dedos devem estar em constante movimento, sem parar um momento sequer; isso aumentará cem vezes o prazer e a excitação da mulher.

Quando estiver acariciando a vulva da mulher com a boca, será um deleite para ambos se ela também o fizer em seu pênis. Isso pode ser realizado em duas posições. Na primeira, você inverte sua posição em relação à mulher e fica agachado com a cabeça entre as pernas dela; deitada de costas, ela terá as suas nádegas logo acima da cabeça, podendo assim alcançar seu pênis com a boca.
Outra variação é os dois ficarem deitados de lado, mas em direções opostas. Você poderá então apanhar o clitóris dela com a boca, e ela poderá fazer o mesmo com o seu pênis. As mãos de ambos ficarão livres para se acariciarem da maneira que desejarem.

•

Essa carícia deve levar a ambos, em pouco tempo, ao ponto do total abandono, e é, às vezes, uma agradabilíssima variação do ato da cópula e uma excelente preparação para ela.

•

Há vezes em que você pode estar sentindo-se extenuado, e a mulher sábia e experiente saberá o que fazer. Ela o deitará de costas, erguendo amorosamente sua cabeça e seus ombros com almofadas macias, e depois começará a beijá-lo e a acariciá-lo, iniciando pela boca e descendo para o resto do corpo. As mãos e os dedos dela não ficarão quietos um só instante. Que sensações maravilhosas você terá, e como serão doces os movimentos dela!
Finalmente, ela irá concentrar-se em seu pênis e o porá na boca para mordiscá-lo, lambê-lo e chupá-lo. Com uma mão ela o pegará para acariciar, apertar e espremer, e com a outra ela segurará e acariciará suavemente o escroto e os testículos. Deve-se avisá-la de que esses órgãos são muito sensíveis e de que ela deve ser muito suave e terna ao manipulá-los.

A boca e a língua da mulher estarão agora ocupadas em lamber e chupar o seu pênis, e uma sensação de delicioso e formigante torpor se espalhará por todo o seu corpo, deixando-o incapaz de se mover.

Durante essa carícia, a mulher poderá talvez estar agachada com a vulva firmemente apoiada contra a sua canela estendida. Assim, enquanto ela estiver ocupada com seu pênis, a vulva e o clitóris podem ser estimulados por seu peso e por seus movimentos deliberados ao longo de sua canela, e ela poderá ser capaz de ter assim um orgasmo clitoridiano, o que lhe aumenta grandemente a excitação, preparando-a para os prazeres finais quando for penetrada.

A carícia da boca no pênis nunca deve ser levada ao ponto do orgasmo na boca da mulher[21], embora algumas possam desejar isso intensamente. Alá quis que o seu fluido fosse depositado na vagina da mulher, e, quando você se sentir próximo do orgasmo, deve pedir gentilmente à mulher que pare e apressar-se em montá-la e penetrá-la; se for possível, pratique a contenção do orgasmo até não conseguir mais segurar.

•

Muito raramente serão encontradas mulheres que se mostrem de início tão tímidas e inibidas a ponto de ficarem quase paralisadas de medo ao serem abordadas por um homem para a cópula. Muita delicadeza e gentileza são necessárias para iniciá-las, para que um choque não as leve a uma repugnância permanente.

A maioria das mulheres, após ser iniciada à cópula e ao ver o homem acariciando-lhe a vulva com a boca, passa a sentir um grande deleite e uma grande excitação ao fazer o mesmo no pênis dele. Isso não é para elas apenas um serviço para o homem. O toque do pênis em seus lábios parece trazer-lhes um grande prazer

físico e espiritual, e esse ato significa dizer ao parceiro, com muita delicadeza, que se entregou a ele com satisfação e lhe está assim prestando uma homenagem. Não existe outra carícia mais íntima, pessoal ou gratificante. Trata-se de uma ação positiva da parte da mulher, pela qual ela indica estar participando de boa vontade em proporcionar prazer ao homem, e não apenas cedendo plácida e passivamente aos desejos dele.
NÃO HÁ TRIBUTO OU DELICADEZA DE GESTO MAIOR QUE POSSA SER PRESENTEADO AO HOMEM PELA MULHER.

•

Contudo, e devido à timidez inicial, a carícia da boca ao pênis é a mais difícil de ser ensinada à mulher. Há mulheres que não a experimentam mesmo depois de você ter acariciado suas vulvas com a boca repetidamente.

Quando estiver com uma mulher assim, não tente induzi-la com palavras ou invertendo abruptamente a sua posição quando estiver beijando-lhe a vulva, de modo a deixar o pênis perto do rosto dela. É um comportamento rude e indigno que provoca repulsa na mulher.

Entretanto, trate de excitá-la completamente com todos os afagos que saiba serem apreciados por ela. Deitem-se de lado, um de frente para o outro, e continue a afagá-la e a acariciá-la. Lentamente e com grande delicadeza, vá subindo os quadris até que seu pênis fique na altura dos seios dela. Segure um deles com uma mão e, com a outra, pegue seu pênis e dirija-o para a aréola e o mamilo, acariciando-os com a ponta. Leve o pênis para o outro seio e para o vale entre os dois. Suba os quadris mais um pouco, para aproximar seu pênis do queixo dela. É muito raro que a mulher, por mais tímida que seja, resista à tentação de dar um beijo nervoso, tímido e apressado na ponta do pênis. Abaixe o pênis e repita com ele a carícia nos seios.

Para seu deleite e triunfo, talvez a mulher abaixe a cabeça para dar outro beijo em seu pênis, só que desta vez menos apressado e mais ardente.

Logo poderá vê-la abaixando a cabeça ainda mais para tomar o pênis na boca e começar a tratá-lo de modo cada vez mais decidido.

Se a mulher estiver ocupada em beijar seu corpo ou sua boca e estiver acariciando o seu pênis com os dedos, faça com que ela os umedeça com o fluido da vulva e o afague assim.

Isso proporcionará a ambos sensações mais voluptuosas.

•

Quando vocês já se tiverem estimulado e acariciado do modo que descrevi, ambos chegarão ao ponto em que não poderão esperar mais nem um minuto pela união do pênis com a vulva e, portanto, você deverá montá-la e penetrá-la e iniciar a jornada para os supremos prazeres que os aguardam.

•

Que Alá esteja com vocês e os abençoe, e abençoe todo fruto que possa resultar dessa união[22].

O ato da cópula

O ato da cópula começa quando o homem monta a mulher e lhe insere o pênis na vagina. Trata-se, de certo modo, do encontro final entre os dois, depois de prepararem a si mesmos e um ao outro. Este foi o ato concebido por Alá para que o homem possa depositar sua semente e fluido na mulher, para que ela possa conceber.

PORTANTO, A CÓPULA DEVE SER CONSIDERADA O MAIS NOBRE, BELO E SIGNIFICATIVO DE TODOS OS ATOS HUMANOS.

•

Alá ordenou, ademais, que a cópula seja um ato do mais alto prazer e equipou nossos corpos para que assim sintamos. Ele ordenou que o homem e a mulher se entreguem ao ato com disposição e júbilo. Se o prazer não estivesse no cerne desse ato, os homens e as mulheres o ignorariam. A mulher seria seca e o homem não teria ereção.

Logo, a promessa de prazer deve ser uma perspectiva para ambos.

•

Os animais copulam dependendo apenas dos instintos que lhes foram instilados por Alá. Ficam estimulados por períodos muito limitados e o ato é breve, sem qualquer prazer consciente. O macho busca a fêmea que está no cio e esta se submete a ele por alguns instantes, de modo que ele a possa penetrar.

Depois disso eles se separam sem mais reconhecimento ou sentimento algum.

•

O homem e a mulher, ao contrário, para alcançar todos os prazeres de que seus corpos são capazes, devem antes usar a mente, o coração e o espírito, para depois usar o corpo em seus relacionamentos. Foi por isso que Alá lhes permitiu e os encorajou a procurar um ao outro e copular à vontade, sem qualquer limite de tempo e restrições.

Além do objetivo primário da procriação, que pode acontecer em apenas um encontro, todas as demais uniões entre homens e mulheres são feitas pela alegria e pelo prazer que delas podem ser derivados. Que Alá seja louvado e reconhecido por isso.

O orgasmo do homem é a culminação do prazer e o fim temporário de sua capacidade de copular. Logo depois, sua ereção termina rapidamente e ele fica impotente por um período que depende acima de tudo da sua idade e do seu vigor físico. Então, seu pênis encolhido desliza involuntariamente para fora da vagina intumescida e ainda pronta.

O orgasmo da mulher, ao contrário, não anuncia a sua incapacidade para mais prazeres, sendo, antes, um episódio importante do ato e podendo ser o início de uma série de orgasmos que virão em sucessão se o homem for capaz de conter o seu por algum tempo. Portanto, a cópula ideal é aquela que dura até a mulher ter alcançado todos os orgasmos de que for capaz[23].

ISSO SÓ SERÁ POSSÍVEL SE O HOMEM FOR CAPAZ DE CONTER-SE POR TODO ESSE TEMPO.

•

Acredito sinceramente que o homem só alcança os mais altos prazeres contendo-se, quando vê e sente a mulher passando por extremos de prazer em um orgasmo após outro, alcançando assim as alturas de um êxtase quase insuportável. Isso deveria constituir a maior parte do prazer e da satisfação do homem, os quais, juntamente com as reais sensações de volúpia geradas pelas carícias da mulher em seu corpo e em seus órgãos, irão levá-lo, finalmente, quando ele se abandonar, a um longo e magnífico orgasmo.

O orgasmo masculino, que pode ser produzido após apenas alguns minutos de cópula, traz muito pouca satisfação para o homem e nenhuma para a mulher. Traz apenas um sentimento de fracasso para ele, por não ter sido capaz de proporcionar prazer à mulher, que sente apenas tensão, frustração e, talvez, uma piedade secreta pela inadequação do parceiro, que se torna uma criança aos olhos dela.

•

O homem não terá vantagem alguma em ter seu orgasmo ao mesmo tempo que a mulher. Há maneiras pelas quais a mulher pode deliberadamente aumentar o prazer dele, e ele o dela, durante seus orgasmos.
Mas ele precisa saber o que deve fazer. No orgasmo simultâneo ambos se agarram e não têm consciência um do outro. Com certeza não são capazes de fazer coisas deliberadas um pelo outro.
PORTANTO, É ACONSELHÁVEL QUE CADA UM TENHA SEU ORGASMO SEPARADAMENTE.

•

O homem pode aumentar muitas vezes o prazer de uma mulher em orgasmo, se lhe sugar os seios. Contudo, se ele também estiver em orgasmo, não conseguirá fazê-lo, pois estará respirando pesada e espasmodicamente.
Há muitas outras coisas que o homem pode fazer à mulher para aumentar os prazeres dela, mas apenas se for deliberado e souber perfeitamente como agir nesse momento.

•

A mulher pode aumentar o prazer do homem em seu orgasmo, mas terá também de ser deliberada quanto a isso.
Uma coisa que ela pode fazer é afagar suavemente os testículos dele com a mão, pressionando levemente com o polegar o tubo sob o escroto, o que restringe o fluxo de sêmen, intensificando o prazer dele.

Ao mesmo tempo, com a outra mão, ela pode apertar as nádegas do parceiro firme e espasmodicamente, o que também lhe aumenta e prolonga os espasmos.

Outra alternativa é usar as duas mãos e os dedos para arranhar as costas dele, ou beijar-lhe e chupar-lhe o pescoço e os ombros com ardor. Isso também aumenta o prazer do homem.

Há muitas outras maneiras pelas quais um pode intensificar os prazeres do outro durante o orgasmo, que diferem segundo cada mulher e cada homem. Para descobri-las é preciso experimentar com o próprio corpo.

Nenhum homem ou mulher pode alcançar a perfeição de que seus corpos são capazes no prazer em sua primeira, segunda, terceira ou até décima união. Contudo, em pouco tempo a falta de jeito do princípio vai sendo substituída por atos mais treinados, até que, finalmente, cada união se torne um poema de supremo e deliberado júbilo.

Essas são as uniões abençoadas por Alá.

•

Saibam que as posições que os homens e as mulheres podem assumir durante a cópula são muitas e variadas. No entanto, algumas delas proporcionam áreas muito limitadas e breves de contato corporal, e são cansativas para ambos, não merecendo, portanto, dedicação e estudo mais profundos.

Vou deter-me com mais detalhes nas posições que proporcionam o maior conforto e prazer.

Os movimentos na cópula

O movimento do pênis na vagina durante a cópula é com certeza retribuído pelo movimento da vagina em torno do pênis. Isso demonstra com efeito que o movimento dos dois órgãos é o mesmo. Na verdade, é ele que estimula os órgãos e, junto com o tensionamento de todos os músculos envolvidos, produz os orgasmos da mulher e do homem.

•

Há basicamente dois tipos de movimento e pressão do pênis e da vagina um em relação ao outro:

O primeiro é o movimento de vaivém do pênis na vagina, e a velocidade dessas estocadas varia grandemente de acordo com o grau de excitação do homem e da mulher.

O curso das estocadas pode ser medido desde aquelas em que o pênis é introduzido até o escroto e depois quase completamente retirado da vagina àquelas, curtas e rápidas, com o pênis profundamente inserido na vagina. Este movimento inicia os prazeres da mulher e a leva à beira do orgasmo.

O segundo movimento, que produz sensações de extrema volúpia na mulher e pode levá-la ao orgasmo, é um deslocamento lateral do pênis combinado com a estocada frontal. Isso resultará em um movimento circular e deve ser feito com o pênis profundamente inserido na vagina, tão fundo quanto possível, e a estocada frontal deve ser bem curta. O homem deve cuidar para que a base do pênis exerça uma pressão quase constante sobre o clitóris e poder sentir a ponta roçando persistentemente, e portanto estimulando, o colo do útero.

A mulher logo chega ao orgasmo, e o homem deve manter a pressão do pênis e o movimento circular até que ela se exaura. Desse modo, ele garante que a mulher tenha prazeres intensos, quase insuportáveis, o que se deve ao fato de que todos os órgãos dela, da vulva à parte mais profunda da vagina, são estimulados simultaneamente durante o orgasmo.

A mulher que não sinta prazer algum com isso é muito rara e obstinada, e há algumas infelizes cujos corpos e órgãos não têm qualquer sensação.

As posições da cópula

As melhores posições para a cópula, no sentido de que produzem as sensações mais voluptuosas para o homem e para a mulher, são aquelas QUE PERMITAM O MÁXIMO DE CONTATO CORPORAL E COLOQUEM À DISPOSIÇÃO UM DO OUTRO O MAIOR NÚMERO POSSÍVEL DE ÁREAS DOS CORPOS PARA AFAGAR, BEIJAR, CHUPAR, AGARRAR E MORDISCAR. ESSAS POSIÇÕES DEVEM TAMBÉM OFERECER CONDIÇÕES PARA GARANTIR O MÁXIMO DE PENETRAÇÃO DO PÊNIS NA VAGINA E PARA QUE A BASE DESTE EXERÇA O MÁXIMO DE PRESSÃO ESTIMULANTE CONTÍNUA SOBRE O CLITÓRIS.

Assim será possível ao homem e à mulher obterem prazeres máximos para ambos e para cada um nas mais deliciosas formas.

•

A primeira posição, e a mais popular, é aquela em que a mulher se deita de costas e o homem de frente sobre ela. O tronco dele fica posicionado entre as coxas dela, que as abrirá para expor a vulva, permitindo assim a penetração.

Nessa posição, o homem precisa apoiar-se sobre os cotovelos e sobre os joelhos, para não largar seu peso sobre a mulher e permitir que ela respire normalmente e fique também confortável. Sem esse apoio, a posição seria impossível, especialmente quando a mulher é pequena e delicada. Com ele, porém, o limite de tempo para a posição depende sobretudo da força e da resistência do homem.

Para facilitar a entrada do homem no início, a mulher deve erguer suas coxas em direção ao peito, tão alto quanto conseguir, com as pernas abertas ao máximo. Depois que o homem a tenha penetrado, ela pode envolver com as coxas os flancos do parceiro e descansar os calcanhares nas nádegas dele, aliviando assim a tensão presente nos músculos de suas coxas depois de tê-las aberto.

Pode-se ver que esta posição não permite ao homem total liberdade de movimentos, pois seus braços ficam semitravados nos lados da mulher, e ele só pode movê-los livremente do cotovelo às pontas dos dedos. Contudo, apoiado temporariamente em apenas um cotovelo, ele tem um braço inteiro livre de cada vez.

Querendo-se manter esta posição por algum tempo, é essencial que o colchão seja firme mas macio, pois do contrário em pouco tempo os cotovelos e os joelhos do homem começam a ficar doloridos, e ele fica privado de quaisquer sensações prolongadas de excitação e de prazer.

Esta posição permite muitos contatos prazerosos entre o homem e a mulher. Seus corpos ficam em contato e fricção permanentes. O tórax do homem cobre os seios da mulher e, movendo-o deliberadamente de um lado para o outro, ele roça os bicos dos seios, aumentando as sensações de excitação e prazer dela.

A boca do homem fica situada sobre a da mulher, permitindo que os dois se beijem na boca, ou em qualquer outro lugar que suas bocas alcancem, da maneira mais ardente, o que aumenta o frenesi e a paixão de ambos.

Não sendo a mulher demasiado pequena, o homem pode curvar-se para baixo com facilidade e apanhar com a boca um ou outro seio; isso deve aumentar consideravelmente o prazer dela, em especial durante o orgasmo. Se a mulher for das muito pequenas, a tensão no pescoço do homem será grande demais para qualquer ação prolongada nos seios.

O braço livre do homem, quando ele se apóia em um dos cotovelos, pode percorrer todo o corpo da mulher, permitindo-lhe alcançar as coxas, as pernas e todas as demais partes do corpo dela, que estarão prontas e ansiosas para receber o toque dele.

•

O HOMEM NUNCA DEVE FICAR PARADO, MESMO POR UM MOMENTO. SUA BOCA, SEUS BRAÇOS, SUAS MÃOS, SEU PÊNIS E SEU CORPO DEVEM ESTAR SEMPRE EM MOVIMENTO, BEIJANDO, ACARICIANDO, BELISCANDO, TORCENDO, MORDISCANDO E ESTOCANDO. DESSE MODO, A MULHER É MANTIDA INFLAMADA E SERÁ LEVADA MAIS RAPIDAMENTE AOS SEUS ORGASMOS.

À chegada de qualquer dos orgasmos da mulher, o homem deve saber o que fazer para aumentar-lhe e prolongar-lhe o prazer.

•

Quando a mulher estiver temporariamente saciada, o homem não deve sair de imediato de dentro dela, mas continuar com os movimentos de pênis, os afagos e os beijos, somente com mais suavidade, de modo a trazê-la lentamente de volta às sensações normais. Deve beijá-la e murmurar-lhe palavras ternas. Ela ficará feliz com ele e agradecidamente o envolverá de novo com seus braços e pernas.

•

Se a mulher for frágil, talvez seja melhor sair de dentro dela após cada um de seus orgasmos e ficar deitado ao lado dela, de modo a dar-lhe algum descanso. Acariciada com muita suavidade, pouco tempo depois

ela indicará, por suas ações revividas e suas maneiras ardentes, que deseja ser montada novamente.
Muitas mulheres passam de um orgasmo para outro sem querer que o homem retire o pênis, nem lhe dar um descanso. Ao contrário, parecem mais inclinadas a continuar em um estado de alta excitação entre os orgasmos.
O limite para esse tipo de cópula será a exaustão final da mulher, ou a incapacidade do homem de continuar a conter-se.
Quando chega o momento de o homem ter o seu orgasmo, a mulher bem treinada sabe o que fazer. Nesta posição, os braços, as mãos e a boca da mulher estão à disposição para coisas que aumentam e prolongam o espasmo de prazer do homem.

•

Há duas variações principais desta primeira posição. Uma delas é com a mulher erguendo e apoiando as pernas nos ombros do homem. Para isso, ele deve erguer-se e apoiar-se somente nas mãos.
A vulva da mulher fica assim bem elevada e a penetração do pênis, em todo o seu comprimento e movimento para a frente, alcançará o máximo dentro da vagina. Não é uma posição muito confortável nem para o homem nem para a mulher, em especial para ela, que pode sentir dores ou desconforto em virtude das estocadas muito profundas. No entanto, algumas mulheres sentem grande excitação com a sensação do pênis penetrando-as profundamente.

•

A outra variação é ainda mais extrema, com a mulher erguendo as pernas o máximo possível em direção aos ombros, de modo a ficar quase dobrada. Isso elevará a vulva ainda mais que antes, mas a profundidade da vagina ficará drasticamente reduzida, o que tornará a penetração do pênis ainda mais desconfortável.

•

Estas variações podem ser experimentadas como diversões temporárias. A única vantagem que oferecem ao homem é proporcionar-lhe uma excelente visão da vulva exposta, e do seu pênis entrando e saindo da vagina, o que deve aumentar consideravelmente sua excitação. Contudo, nem o homem nem a mulher podem acariciar e beijar um ao outro nessas posições, pois estarão sempre separados pelas coxas dela.

•

Outra posição para a cópula é com o homem e a mulher deitados de lado um de frente para o outro.

A mulher ergue a coxa que está por cima e abre-a para separar as pernas e expor a vulva à penetração do homem, podendo então apoiá-la no flanco dele.

Esta posição não oferece uma penetração muito profunda na vagina, mas é adequada, em especial quando o pênis é longo e a mulher não pode tolerar qualquer peso devido a uma fragilidade extrema ou doença, ou por estar grávida.

O homem pode ajudar a mulher a tornar esta posição muito mais prazerosa pela manipulação do clitóris com os dedos, ajudando-a a chegar ao orgasmo. Ele tem a mão livre também para percorrer os flancos, as coxas, as nádegas e os seios dela, os quais ele pode facilmente tomar na boca.

O beijo na boca também é possível em todos os momentos nesta posição, o que aumenta bastante as suas vantagens.

A mulher, por sua vez, tem um braço e mão livres para acariciar o corpo do homem, podendo alcançar-lhe o escroto e os testículos e, ao vê-lo aproximar-se do orgasmo, tornar mais deliberadas suas carícias e aumentar o prazer dele.

O homem pode também acariciar a mulher com o outro braço, que está sob o pescoço e em volta dos ombros dela, e tem condições de levá-la a um abraço mais apertado e ardente nos momentos de prazer dela. Variações nas posturas e nas posições das pernas do homem e da mulher podem ser experimentadas para o que for melhor em conforto e intimidade.

Homens e mulheres corpulentos e mulheres em estágio avançado de gravidez não se beneficiam desta posição, a não ser quando estão descansando da cópula. Nestes casos, a penetração do pênis na vagina será impossível ou muito rasa e inadequada.

•

A terceira posição em que o homem e a mulher ficam de frente um para o outro é aquela em que o homem se senta em um banco baixo, com as costas eretas, e a mulher se senta profundamente em seu colo, com as pernas bem abertas envolvendo-lhe a cintura. Desse modo, a vulva fica exposta e pode ser facilmente penetrada pelo pênis. Na verdade, quando ela se acomoda no colo dele, o pênis desliza para o alto e para dentro da vagina.

A mulher pode então, se tiver vontade, envolver o homem com suas pernas ou apoiá-las no chão. Se suas pernas forem curtas demais e seus pés não alcançarem o chão, será preciso oferecer-lhe um suporte para os pés. Ela terá assim liberdade para mover-se para cima e para baixo, enquanto envolve com os braços o tórax dele, cujos movimentos podem ser planejados deliberadamente para adaptar-se ao prazer dela. Isso é desejável porque o homem terá poucas oportunidades para mover o pênis com facilidade, a menos que apóie as mãos nas beiradas do assento, o que o impedirá de obter o máximo de prazer, pois suas mãos e seus braços ficam assim ocupados.

Nesta posição, pode ser alcançada a penetração mais profunda, e tanto o homem como a mulher a consideram naturalmente gratificante. Seus braços, suas mãos, seus troncos e suas bocas ficam livres para acariciar e afagar um ao outro; além disso, o homem tem a possibilidade de chupar os seios da mulher.

Os movimentos que podem ser praticados nesta posição produzem as sensações mais excitantes e voluptuosas na mulher, que pode mover-se para cima e para baixo e fazer com que a penetração seja tão rasa ou tão profunda quanto deseje. Pode também fazer movimentos circulares para aumentar seus prazeres. Além disso, seu clitóris fica sob constante pressão e fricção da base do pênis, se ela assim quiser.

A cópula nesta posição não pode ser praticada confortavelmente quando o homem ou a mulher são corpulentos demais, ou quando a mulher está em um estágio muito avançado de gravidez.

•

Pode ser um estímulo a uma maior intimidade se o casal se dedicar com freqüência à quarta posição de cópula, na qual também um fica de frente para o outro. Esta posição reserva muitas surpresas agradáveis.

Nela, o homem deita-se de costas e a mulher fica em cima dele. Ela abre as pernas e as estende nos flancos dele, e pode assim ser penetrada com facilidade. Na verdade, é o contrário da primeira posição, em que o homem monta a mulher.

É com efeito uma deliciosa mudança. A mulher tem nela total liberdade de movimentos, pois não está presa pelo corpo do homem. O homem, por sua vez, fica relaxado e confortável, e ela não precisa apoiar-se nos cotovelos e nos joelhos, pois é muito leve e seu peso apenas aumenta o deleite dele.

A mulher fica livre de toda tensão e pode abandonar-se a quaisquer movimentos e giros lascivos que lhe convenham. Pode mover-se para todas as direções e estimular todos os seus órgãos, e ao mesmo tempo acariciar e beijar o homem, e suas zelosas atenções trazem grande excitação para ele, que, por sua vez, tem os braços, as mãos, as pernas e a boca livres para usar nela. Ele pode mover suas nádegas em seu próprio ritmo, ao qual a mulher reagirá, ou corresponder aos movimentos dela.

O homem pode erguer a mulher temporariamente, pegando-a pelas axilas, e beijar e chupar seus seios, o que a mergulhará ainda mais em um turbilhão de deleites.

Esta posição talvez seja muito adequada quando a mulher ainda é nova nas artes da cópula e, por dar-lhe maior liberdade de movimento e ação voluntários, faz com que tome rapidamente conhecimento das exigências de seu próprio corpo no prazer. Também elimina sua timidez e seu recato em pouco tempo.

Quando o homem estiver indisposto ou cansado, é aconselhável usar esta posição, deixando assim que a mulher faça a maior parte do esforço. Quando a mulher for frágil ou não conseguir suportar peso sobre o próprio corpo, esta posição é recomendada sem reservas.

•

Posicionada em cima do homem, a mulher pode dobrar os joelhos ao longo dos flancos dele e assim endireitar-se e ficar com as costas eretas, mantendo o pênis dentro de si, mover-se para cima e para baixo e em um movimento circular em torno do pênis profundamente enterrado nela.

Fica, porém, afastada do parceiro e só pode inclinar-se ligeiramente na direção dele, se quiser manter o pênis na vagina, e não consegue beijá-lo ou acariciá-lo, a não ser de longe com as mãos. Ele pode erguer o tronco e apoiar-se nas mãos ou nos cotovelos, e assim alcançar os seios dela com a boca.

Esta união não pode ser muito satisfatória, nem para o homem nem para a mulher, pois seus corpos não estarão juntos. Contudo, pode ser praticada às vezes, para explorar novas sensibilidades.

•

Em outras ocasiões, e para desfrutar variações divertidas, a cópula pode ser tentada e realizada em posições que não ponham homem e mulher frente a frente. Há algumas circunstâncias em que a cópula de frente pode ser impossível ou desaconselhável.

Em tais casos, há outras posições em que a mulher pode ser abordada por trás, que descreverei a seguir.

•

A mulher pode ser penetrada por trás se abrir bem as pernas para expor a vulva. Ela pode ficar de pé, mas com o tronco dobrado para a frente. Ou ficar apoiada nas mãos e nos joelhos em um leito ou divã. Ao penetrá-la, o homem pode segurá-la pela cintura para controlar suas estocadas.

A penetração pode ser profunda, mas muito poucas mulheres têm qualquer prazer com esta posição, pois seus corpos não ficam envoltos, elas não podem acariciar ou beijar, ficando submetidas às estocadas com as costas voltadas para o homem como um animal.

Nesta posição, o homem pode ajudar a mulher a ter alguns prazeres adicionais curvando-se para a frente e acariciando-lhe os seios com as duas mãos, ou avançar uma delas para afagar o clitóris. E também alcançar-lhe o pescoço e os ombros para beijá-los e chupá-los, o que pode proporcionar-lhe um estímulo a mais.

Esta é uma posição favorável quando a mulher está em um estágio avançado de gravidez, ou se for corpulenta. Se o homem for corpulento ou tiver a barriga muito avantajada, pode ser seu único recurso na cópula, pois sua barriga se encaixa acima das nádegas da mulher.

•

O casal pode deitar-se lado a lado, com ela de costas para ele, que ergue a coxa da mulher para penetrá-la. Esta posição é a mais repousante e satisfatória para a mulher que está nos últimos meses de gravidez ou se encontra muito doente. No primeiro caso, a penetração profunda não é possível em virtude da posição do bebê, mas ela fica satisfeita por ter pelo menos uma parte do pênis dentro de si. Ele pode acariciar cuidadosamente seus seios intumescidos e talvez seu clitóris, enquanto lhe beija as costas, os ombros e o pescoço. Ela fica feliz por saber que ainda é desejada, mesmo em sua condição pouco atraente e inchada[24].

Devo avisar aqui que a mulher não deve ser abordada para a cópula após o sétimo mês de gravidez[25]. Uma união neste período não beneficia nem a ela nem ao homem. Na realidade, ela está pesada demais, tanto no corpo como no temperamento, para que a união propicie momentos de alegria.

Há muitas outras posições em que o homem pode penetrar a mulher. Nenhuma delas, porém, é digna de menção, pois implicam demasiada tensão, privando assim a ambos da oportunidade de dar e receber prazer, em especial a mulher.

Na maioria dessas posições, a mulher é apenas usada, e com freqüência abusada, em vez de ter a oportunidade de dar de si e para si, com boa vontade e alegria, os prazeres a que tem direito por graça de Alá.

•

Antes da defloração (FADH AL BAKARAH), a virgem é tão inocente dos prazeres verdadeiros e voluptuosos quanto uma criança recém-nascida. É o homem quem lhe abre essa porta e lhe apressa a entrada no jardim das delícias. Essa entrada pode ser de recatada e delicada paixão ou dolorosa e traumática. O que determina a forma da defloração são as maneiras do homem nessa ocasião.

A defloração é o momento mais importante e crítico da vida da mulher, pois pode influenciar todas as suas futuras reações ao homem, tanto física como espiritualmente. Talvez, alguns danos físicos ocorridos no próprio ato da defloração possam ser reparados, e a mulher venha ainda a reagir com algum prazer. Mas ela nunca esquecerá nem perdoará o homem que, com seu comportamento desajeitado, lhe tenha causado muita dor física e angústia espiritual ao deflorá-la[26].

É preciso lembrar sempre que a virgem (AL ADHRA'A) pode ficar muito chocada e assustada com a visão do pênis ereto e intumescido; cabe ao homem civilizado não o expor de repente e flagrantemente aos olhos dela.

Muito tempo e paciência são necessários entre o primeiro encontro com a virgem e o momento de introduzir nela o pênis. Durante esse período, ela deve ser deixada completamente à vontade e preparada com palavras e carícias suaves e gentis, para que sua vagina fique úmida e se apronte, inconscientemente, para aceitar o pênis.

ESTE ATO DEVE SER ACOMPANHADO DO MÁXIMO DE COMEDIMENTO POSSÍVEL.

•

A posição mais natural para a defloração é com a virgem sentada no colo do homem, de frente para ele, podendo assim ser levada gentilmente a abrir as pernas quando chegar o momento e a descer voluntariamente sobre o pênis.

A virgem, como todas as crianças, foi desde a infância acostumada a sentar-se no colo de adultos do sexo masculino, a ser abraçada e beijada, e esta posição não lhe causa embaraço ou angústia, ao passo que ela pode entrar em pânico e até ficar histérica se for feita qualquer tentativa no sentido de deitá-la de costas e de segurá-la para penetrá-la[27].

É preciso dedicar algum tempo, quando a moça estiver sentada no colo do homem, para garantir que ela foi tranquilizada, e talvez até excitada, pelos afagos gentis em seu corpo.

Quando se sentir que ela está pronta para ser penetrada, deve-se instruí-la com muita delicadeza para montar a cavalo no homem e descer sobre o pênis, que ele deve posicionar com a mão. É preciso assegurar-lhe que essa operação dói apenas um pouco, se doer, e apenas no começo. Deve-se dizer a ela que tem liberdade para parar de descer se começar a sentir qualquer dor, e, de modo brincalhão, que ela pode fechar os olhos se estiver muito encabulada.

Assim que o homem sentir que seu pênis começou a atravessar o hímen, deve segurá-la com ternura, mas firmemente, e ajudá-la a descer com uma pressão positiva, para que a penetração seja efetiva e completa. Durante todo esse tempo, ele deve sussurrar-lhe palavras doces e continuar com os afagos suaves para mantê-la excitada.

Não deve começar a mover o pênis nesse momento, mas ficar quieto, para permitir que ela saboreie a nova sensação de ter um pênis na vagina. Quando tiver a certeza de ela estar à vontade sem sofrer qualquer dor ou desconforto, pode começar com estocadas suaves.

DESSE MODO, A NOVA MULHER É APRESENTADA AOS SEUS PRÓPRIOS PRAZERES.

•

Contrariamente aos tabus (AL MANNOUA'AT), não vejo problema algum em copular com a mulher em seu período menstrual (FATRAT AL HAYD)[28]. Contudo, não se deve tentar isso no primeiro dia, em virtude da natureza copiosa do fluxo.

Tenho observado constantemente que as mulheres desejam muito mais a cópula quando estão em seu período menstrual e quando procuradas respondem com avidez, tendo um prazer muito rápido, que tira o fôlego por sua duração e sua intensidade. Mas não sei por que isso acontece.

Contudo, não se dedique à cópula com uma mulher cujo sangue tenha um odor fétido, pois isso é um indício de que ele está pútrido e pode afetar gravemente o seu pênis.

Depois de retirar o pênis, lave-o sempre com bastante água morna e sabão, para evitar a irritação que com certeza acontece quando se deixa o sangue da mulher estagnado nele.

•

Depois de se ter saciado completamente na cópula, não se afaste da mulher como um monte de carne morta para adormecer em seguida. Conserve-a em seus braços e acaricie-a suavemente e com ternura, murmurando docemente no ouvido dela, até que ambos adormeçam juntos.

ASSIM SE GARANTE O AMOR DEPOIS QUE AS PAIXÕES SÃO APLACADAS.

III. Das aberrações e condições mórbidas dos homens e das mulheres[1]

E Lot! Lembrai-vos de quando ele disse ao seu povo: Cometereis abominações como ninguém antes de vós?

O SAGRADO CORÃO

As aberrações dos homens e das mulheres

TALVEZ DEVIDO aos pecados ou a certas fraquezas de seus pais, ou em virtude de alguma causa misteriosa só de Alá conhecida, nascem algumas crianças que não são nem homens completos nem mulheres completas. Trata-se dos hermafroditas (AL AKHNATH)[2].

•

Por exemplo, um bebê que nasce com um pênis muito pequeno e com apenas um testículo na bolsa escrotal, ou nenhum, pode não desenvolver esses órgãos ao crescer, mas ter ancas largas e assumir formas femininas, além de seios[3]. Naturalmente, não poderá procriar, pois será impotente, podendo sentir forte atração por homens.

Há crianças que nascem como mulheres, com vulvas normais. Contudo, ao amadurecerem, seus corpos não desenvolvem os suaves contornos femininos, mas as formas musculosas dos homens. Elas podem ter uma voz profunda e pêlos brotando no rosto. Os seios não se desenvolvem e o clitóris pode ficar enorme[4].

Em geral, não têm inclinação para os homens, mas podem sentir-se fortemente atraídas pelas mulheres.

Não há nada que possa ser feito para levar essas criaturas à normalidade. Resta orar a Alá para que torne suas vidas tão fáceis e suportáveis quanto seja possível.

Espera-se que possam finalmente ser entregues à graça de Alá, para que Ele lhes permita estabelecer suas verdadeiras identidades no Além.

•

Há homens fisicamente normais que, por alguma razão desconhecida, desejam desesperadamente tornar-se mulheres[5], assim como há mulheres completa e lindamente formadas, perfeitas e adoráveis em todos os detalhes, que desejam ser homens e abominam sua feminilidade[6].

Ocasionalmente, esses homens podem ser encontrados elegantemente vestidos com roupas de mulher, dedicando-se em suas casas a atividades como cozinhar, costurar e cuidar de bebês e crianças pequenas.

As mulheres, por outro lado, podem abandonar seus vestidos e apresentar-se vestidas como homens, dedicar-se a esportes masculinos, como montaria e caça. Muitas delas, disfarçadas de soldado, participam de campanhas militares nas quais costumam distinguir-se como combatentes corajosos e implacáveis. Os livros de história estão repletos de relatos sobre tais mulheres.

•

Fui certa vez procurado por um homem perfeitamente formado desejando que eu o castrasse e lhe fizesse uma

vulva. Disse-me que daria qualquer coisa para transformar-se em mulher e poder ter filhos e amamentá-los.
Naturalmente, respondi-lhe que não poderia fazer nada por ele.

•

É sabido que alguns homens copulam com animais tais como jumentas, éguas, cabras e ovelhas, e que preferem isso à cópula com mulheres[7]. Há também mulheres que copulam com animais[8] como cães e jumentos.
Conhecem-se alguns casos de homens que usam patos e gansos e outros tipos de aves para seus prazeres.

•

Há aquelas pavorosas criaturas da noite, os *ghouls* (AL GHILAN), na verdade homens mortais e pervertidos, que copulam com cadáveres de mulheres quando os encontram[9].
Eles desenterram o corpo de uma mulher durante a noite e depois copulam com ele. Que Alá os amaldiçoe e lhes dê eternamente seus mais severos castigos.

•

Há homens e mulheres tão degenerados que urinam e defecam um sobre o outro[10] antes de copular, prática que, segundo eles, aumenta sua excitação e seus prazeres. Tais homens preferem às vezes penetrar as mulheres pelo ânus.
Que Alá os amaldiçoe sempre.

•

Há homens cruéis que precisam espancar e chicotear as mulheres antes de copular com elas[11]. De outro modo, não são capazes de ter uma ereção, e os castigos que infligem a essas infelizes, quase sempre suas escravas, estão às vezes além da imaginação dos sãos.

Estranhamente, há aqueles que gostam de ser chicoteados e espancados[12] por suas mulheres antes de montar nelas.

Há bestas humanas que raptam criancinhas, tanto meninos como meninas, e usam-nas cruelmente para seus prazeres antinaturais e não raro as matam depois de se saciarem[13].

Descobre-se às vezes que essas pobres crianças foram torturadas da maneira mais horrível antes de serem mortas.

Tais feras irão com certeza para os mais calcinantes abismos do Inferno.

•

Há homens que copulam com mulheres e as matam sem piedade após terem tido seus prazeres.

Essas infelizes são estranguladas, ou degoladas, ou ainda esfaqueadas loucamente e com frenesi maníaco em todo o corpo[14].

•

Passarei agora a descrever os abomináveis praticantes da pederastia (AL LOUAAT), os quais, que Alá os amaldiçoe, são cada vez mais numerosos. É muito perturbador que a prática da pederastia se esteja espalhando amplamente em nossa sociedade, tanto em seus escalões superiores quanto nos inferiores. Sabe-se que alguns monarcas, antigos e recentes, dedicaram-se constante e avidamente a essa prática.

Hesito com desgosto em escrever sobre tais práticas revoltantes e blasfemas, mas a causa da ciência e do conhecimento leva-me a contar tudo o que sei.

Foi devido a essas práticas que Alá finalmente esmagou e destruiu o povo de Lot (LOUT)[15] nos tempos antigos, e tenho a esperança de que esta seja de novo sua vontade.

Os pederastas são de dois tipos. Há os pederastas ativos[16], que procuram outros homens para montá-los e penetrar seus ânus com o pênis e assim obter seus prazeres. Sabe-se que os homens que são montados também têm prazer, seja espontaneamente, seja por terem o pênis afagado pelas mãos de seus parceiros ativos. A maior parte dos pederastas ativos gosta de adquirir garotos jovens, imberbes e imaturos, os quais, por sua vez, preferem os homens mais velhos[17]. Assim, muitos desses inocentes são atraídos a essas práticas, e tornam-se pederastas ativos quando ficam adultos.

•

O segundo tipo é o pederasta passivo[18], que se sujeita a ser montado e ter seu ânus penetrado por outro homem.

Sabe-se que, no início, esses homens ou meninos não sentem prazer algum quando penetrados, apenas dor e desconforto, mas submetem-se por várias razões. No entanto, eles podem vir a sentir um tipo de prazer pervertido[19] depois de algum tempo e alguns podem ter um orgasmo logo após serem penetrados. Lubrificantes de vários tipos são usados para a penetração, como gordura, óleo ou saliva da boca de um dos parceiros, de maneira a vencer a resistência dos músculos do ânus. Depois de um certo tempo, porém, esses músculos ficam permanentemente relaxados e a penetração torna-se possível e fácil sem a ajuda de lubrificantes. Quando chegam a tal estado, os homens com certeza desenvolvem incontinência intestinal e precisam ir à privada ao menor sinal de necessidade, para não defecarem em suas roupas.

Tais são os castigos iniciais de Alá para todos os transgressores.

•

Ocorrem às vezes entre homens outras formas de contatos anormais, nas quais a pederastia não é praticada de fato.

São homens e rapazes que manuseiam o pênis um do outro até chegarem ao orgasmo, ao mesmo tempo que se beijam e se acariciam.

Há homens e rapazes que se lambem e se chupam os pênis, até ejacularem um na boca do outro.

Que Alá os amaldiçoe a todos e a cada um deles.

•

Mulheres confinadas juntas, em grandes haréns, por exemplo, e que não têm homens com os quais copular criam amiúde laços incomuns entre si.

Elas se deitam juntas e se afagam mutuamente. Beijam-se ardentemente na boca e chupam os seios umas das outras. Acariciam-se e chupam-se mutuamente as vulvas e os clitóris e esfregam vulvas, coxas e clitóris umas contra as outras enquanto se abraçam. Essas mulheres são as lésbicas.

Em um ou outro momento elas experimentam orgasmos clitoridianos e algumas delas passam a preferir estas às relações apressadas e insatisfatórias com os homens. Muitas manifestam asco ao serem abordadas por homens[20]. Ou dedicam-se à cópula com eles contra a vontade, sem ter com isso prazer algum.

As condições mórbidas dos homens e das mulheres

Não é meu propósito apresentar aqui um relato detalhado de todas as condições mórbidas que afligem os homens e as mulheres, já que não estou escrevendo um tratado de medicina. Em vez disso, farei descrições breves de algumas das condições comuns que afetam os órgãos de procriação e de cópula, para que o leitor se dê conta da ocorrência delas em si mesmo ou em suas mulheres. Ele poderá então tentar as curas que recomendarei, ou procurar conselhos de outrem, após reconhecer que estes se fazem urgentes. Desse modo, homens e mulheres podem ter a certeza de um relacionamento saudável e prazeroso, que seria estragado pela dor e pelo desconforto caso se permitisse que qualquer dessas condições persistisse e proliferasse sem tratamento efetivo.

A mulher

Inflamação da vulva (ILTIHAB AL FARJ)[21]

Esta condição é caracterizada por grande vermelhidão e inflamação dos lábios e do corpo da vulva. Pode haver ardor e coceira consideráveis e às vezes uma dor, que pode ser tão forte a ponto de dificultar muito, ou mesmo impedir, que a mulher se sente ou caminhe, podendo assim ser forçada a ficar constantemente deitada de costas com as pernas bem abertas. Em casos extremos, pode ocorrer o aparecimento de úlceras, às vezes purulentas, nos lábios da vulva.

As causas desta condição, que pode manifestar-se muito subitamente ou ser notada inicialmente como uma coceira muito leve na vulva e piorar em alguns dias, são atribuídas ao fato de a mulher não fazer uma higiene adequada do local, em especial após a cópula.

Ao lavar a vulva, deve-se usar apenas um sabão suave, pois o de tipo forte às vezes causa grave irritação, levando à inflamação.

O tratamento implica fazer a mulher sentar-se em uma bacia com água morna, à qual se acrescenta um pouco de óleo de tomilho. A temperatura da água não deve ser alta a ponto de agravar a inflamação. Deve-se ir acrescentando mais água morna de modo a manter constante a temperatura por uma hora, que é o tempo mínimo necessário por dia. Isso deve ser feito até que a inflamação desapareça, o que pode acontecer em quatro ou cinco dias, mesmo para os casos mais graves.

Se a mulher não puder sentar-se, deve-se aplicar compressas úmidas quentes à sua vulva em posição deitada.

Putrefação da vagina e do útero (TA'AFUN AL MAHBAL WA AL RAHM)[22]

Esta é uma condição que varia de simples a extremamente grave. Caracteriza-se de início por um corrimento purulento do orifício da vagina. Posteriormente, a dor na região pode tornar-se um sintoma importante.

O corrimento pode ser pequeno, ou abundante; nos casos suaves ele é claro e amarelado, mas com um odor pútrido. Em contato com a vulva, pode produzir uma coceira forte, e a mulher precisará lavar-se constantemente para evitar essa irritação.

Embora as causas desta condição não sejam conhecidas, desconfio que sejam certos desequilíbrios no sistema físico da mulher.

Os casos mais suaves, que em geral afligem as mais jovens, podem ser tratados da seguinte maneira: coloque a mulher de cabeça para baixo contra a parede, com as pernas abertas para expor a vulva. Insira na vagina um funil macio e bem lubrificado de tamanho apropriado, feito de madeira e livre de farpas, cujo bico deve ser inserido até cerca de cinco dedos. Quando o funil estiver posicionado, derrame nele, muito lentamente, uma solução de vinagre (uma parte de vinagre para cinco de água), até que o bico fique cheio, e depois retire-o com muito cuidado.

A mulher deve então permanecer nessa posição invertida por alguns minutos. Convém repetir o tratamento dia sim, dia não, até que o corrimento desapareça, o que deve acontecer dentro de duas ou três semanas nos casos sem complicação.

Em mulheres de mais idade, pode ocorrer às vezes um corrimento espesso, espumoso, sanguinolento e muito fétido, e essa condição indica sempre um prognóstico de extrema gravidade[23]. Quando a putrefação se estende para o útero e o destrói, a mulher afetada morre depois de um ou dois anos sofrendo de grandes dores. Não há esperanças para ela, e que Alá apresse o seu fim, para que não sofra imerecidamente.

Que Alá me perdoe, pois em tais casos eu recomendo a administração de vinho e outras bebidas alcoólicas a essas mulheres[24], para que suas dores sejam mitigadas nos últimos dias de sua agonia.

Cópula dolorosa (AWJA'A AL JIMA'A)[25]

A dor durante a cópula pode ser primária, quando a virgem é deflorada, e continuar a ocorrer em cada ato sucessivo, mesmo depois que o hímen estiver cicatrizado.

O outro tipo de dor pode aparecer a qualquer momento da vida da mulher e após ela ter desfrutado a cópula.

No primeiro caso, suspeito que a maioria ocorra pelo fato de a mulher ter ficado assustada com maus-tratos e ferimentos em sua primeira noite, após a qual seu músculos genitais passaram a contrair-se tornando a penetração sempre dolorosa[26]. Pode haver outras causas, como vaginas anormalmente pequenas, o que torna dolorosa qualquer penetração, ou lesões ou irregularidades que não podem ser vistas no interior do canal e causam dor quando friccionadas pelo pênis.

No primeiro grupo, o tratamento é dirigido aos homens, ou seja, consiste em instruí-los a deixar suas mulheres totalmente excitadas antes de penetrá-las, para que assim, ao chegar o momento, todos os músculos delas estejam relaxados e elas passem a desfrutar a relação e a desejá-la.

Quando a mulher se queixa de dor durante a cópula, o homem deve parar todas as tentativas de montá-la novamente até que a causa da dor seja encontrada e tratada. Caso se descubra que a condição é incurável, o homem deve buscar seus prazeres em outro lugar.

Tumores dos seios (TADARUN AL THADI)

Os seios da mulher podem ser afligidos por tumores que costumam ocorrer externamente em um ou outro seio, mas muito raramente em ambos. Começam como pequenos caroços que podem ser sentidos movendo-se com bastante liberdade sob a pele. Alguns permanecem pequenos, e não têm maior importância. Contudo, entre as mulheres mais idosas, esses tumores podem aumentar rapidamente até romperem a pele, formando enormes abscessos que não podem ser curados[27].

A única coisa a ser feita para ajudar a aliviar o sofrimento dessas mulheres é a aplicação constante de compressas úmidas frias, para que o pus vertido possa ser absorvido e não contamine a pele ao redor do seio. A dor irá finalmente ficar muito forte e se espalhar do seio para outras partes do corpo[28], até que a mulher morra em pouco tempo.

Nestes casos, também recomendo sem reservas a administração constante de vinho e outras bebidas alcoólicas a essas mulheres, para mitigar o que sem isso seriam dores e sofrimentos insuportáveis.

O homem

Impotência (AL U'NNAH)

Esta é a mais impopular das condições que afligem o homem, e com grande razão, pois aquele que é por ela afetado deixa de ser um praticante dos prazeres supremos desta vida, torna-se um proscrito entre as mulheres e é transformado em objeto de piedade e talvez de ridículo e desprezo.

Mais do que qualquer outra, esta condição tem sido objeto de preocupação dos homens através dos tempos, e milhares de receitas e curas foram experimentadas ou propostas para retardar o inevitável encontro com a impotência.

A impotência é de dois tipos. A primeira é a resultante da idade e da senilidade. Trata-se de uma condição permanente, em relação à qual nada se pode fazer, a não ser, em diversas ocasiões, mediante a ingestão de certas poções e drogas, obter ereções por períodos muito curtos, sem derivar disso qualquer prazer ou satisfação real, pois não há orgasmo e, o que é mais importante, não se pode proporcionar à mulher prazer algum durante encontros tão breves.

Com a idade, o corpo do homem fica enrugado e torna-se repulsivo para as mulheres jovens e saudáveis. Expor um pênis ereto ligado a um corpo trêmulo, encarquilhado e seco só pode aumentar a repugnância e a repulsão das mulheres.

O homem que chegou a esse estágio deve abandonar toda tentativa de cópula. Suas horas finais serão muito mais bem vividas na preparação para a inevitável viagem ao Além.

Nesta situação, o homem pode dedicar mais tempo aos prazeres da mente e do espírito, que na velhice são tão estimulantes quanto os da carne nos dias de juventude.

•

Entre os homens jovens e de meia-idade os casos de impotência são muitos. Justificam-se nestes casos as tentativas de cura o quanto antes, pois, depois de sanada a condição, tais homens terão ainda pela frente mui-

tos anos para desfrutar a cópula. Felizmente, na maioria das vezes, os períodos de impotência são breves e as curas, simples.
Certos acontecimentos na vida de um homem podem causar-lhe impotência. O mais comum é o acometimento por uma doença desgastante e debilitante, quando todo o seu sistema físico fica enfraquecido, inclusive músculos e órgãos, tirando-lhe a capacidade da ereção, condição esta que pode permanecer por algum tempo após efetuada a cura da doença. A terapia é aqui dirigida à recuperação das forças do homem e, uma vez conseguido isso, sua impotência é substituída por novas capacidades e novos desejos.
A força e o vigor retornam com rapidez quando se volta a comer com grande apetite, e os melhores alimentos são as carnes de todas as variedades e em grandes quantidades. A ingestão de testículos de carneiro, bode, touro e camelo é especialmente benéfica, e os pênis e testículos de crocodilo[29] (encontrados secos e em pó) são potentes e revigorantes, e têm valor medicinal para o homem, que logo depois de ingeri-los sente voltarem suas forças. O consumo de ovos crus, se forem frescos, é muito benéfico. A ingestão de pequenas porções de âmbar[30] (ANBAR) tem sido experimentada com excelentes resultados.
Existe uma miríade de outras poções que podem ser usadas. Contudo, seu efeito pode produzir apenas uma ereção temporária e com certeza o homem não poderá copular com eficácia se seus músculos estiverem fracos demais para sustentá-lo ou para fazê-lo mover-se.

•

Alguns homens têm a compreensível dificuldade de manter a ereção com mulheres que, embora possam ainda ser por eles amadas, como esposas idosas e leais, não mais os excitam.

Esta condição é embaraçosa tanto para o homem quanto para a mulher, em especial para ele, que pode sinceramente querer montar a mulher para vê-la feliz, mas não consegue excitar-se, ou vê sua ereção desaparecer logo após a penetração.

Não há morbidez nestes casos, e só posso aconselhar esses homens a fechar os olhos e imaginar que estão copulando com mulheres belas e excitantes. Alá os ajudará a manter a ereção, pois estarão fazendo uma obra de grande caridade.

Ereção permanente (AL INTISAB AL DA'EM)[11]

Embora constitua o desejo e o sonho de muitos homens tolos, o estado de ereção permanente aflige às vezes alguns homens. Não se trata de um fenômeno prazeroso, e sim de uma condição altamente mórbida. O pênis inflama-se e parece estar ereto, mas fica sensível e dolorido ao tato. Nem é preciso dizer que a cópula é impossível.

A inflamação e a ereção podem ser bastante persistentes, exigindo às vezes a aplicação de sanguessugas (AL ALAQ) no pênis para extrair o excesso de sangue e reduzir a inflamação. Mesmo assim, e muito amiúde, o pênis inflama-se dolorosamente de novo quando as sanguessugas são removidas.

O pênis deve ser envolvido com ataduras macias para protegê-lo de danos e deve-se tomar cuidado ao se afastarem dele os lençóis da cama.

Às vezes, uma massagem eficaz ajuda a extrair o excesso de sangue, mas trata-se de um procedimento muito drástico e doloroso, ao qual se recorre apenas quando falham todos os demais tratamentos. Ao ministrar-se essa massagem é preciso imobilizar o paciente.

Às vezes, envolver o pênis com compressas frias ajuda a encolhê-lo.

Inflamação da cabeça do pênis (ILTIHAB RA'AS AL QADHIB)

Esta condição pode resultar da cópula com uma mulher que esteja sofrendo de putrefação da vagina. Os pederastas ativos também são atingidos por esta condição, o que é muito compreensível, tendo em vista a natureza vil de suas práticas.

A cabeça do pênis fica inchada e muito vermelha, e arde ao tato. A urinação pode tornar-se difícil e dolorosa se o orifício do pênis estiver bloqueado pela inflamação.

Para tratar um pênis assim afetado, mergulhe-o diversas vezes por dia em uma solução muito quente e forte de chá.

Putrefação do canal urinário (TA'AFUN QANAT AL QADHIB)[32]

Esta é muitas vezes uma condição muito séria, causada talvez pela absorção de elementos nocivos pelo canal do pênis durante a cópula com mulheres que sofrem de putrefação da vagina.

Dor extrema e sensação de ardor ao urinar são os dois sintomas comuns, juntamente com um corrimento parecido ao pus, de odor muito ruim. A dor pode espalhar-se para os testículos e a parte alta das coxas, e para o ventre e as costas.

Em certos casos, quando o canal fica completamente bloqueado e o homem não consegue urinar, deve-se inserir uma agulha longa de ponta arredondada o mais profundamente possível, em um esforço para abrir o canal. Se isso não der resultado, o homem entra em colapso e morre em poucos dias.

Em geral, não havendo complicações, esta condição é autolimitada e cura-se em algumas semanas sem tratamento.

Tumores no escroto (TADARUN AL SAFN)

Às vezes acontece de aparecerem caroços no escroto. Estes podem ser doloridos ou não, e crescer até ficarem enormes, levando o homem à morte em pouco tempo[33], período em que permanece impotente.

Não há cura para tais casos[34].

IV. Dos homens e das mulheres[1]

Os homens são responsáveis pelas mulheres porque Alá os fez para dominarem e porque eles usufruem sua propriedade. De modo que as boas mulheres são as obedientes.

O SAGRADO CORÃO

SAIBAM QUE CHEGO agora quase ao final de meu tratado. O que ainda resta são os pensamentos esparsos, que irei expor, acerca das diferentes naturezas do homem e da mulher. Alá decretou que o homem deve ser responsável pela mulher. Assim, Ele eximiu as mulheres da luta e da realização independentes.

A mente da mulher é menos apta que a do homem, e cabe a este protegê-la e prover-lhe a subsistência, e portanto ela não tem necessidade de força. Tudo de que a mulher precisa para uma sobrevivência adequada é seu encanto e atração pessoais, para que o homem queira fazê-la sua e morra em defesa dela e de seus filhos.

Tal é o destino do homem.

•

Alá dotou a mulher de um forte e persistente desejo de procriar; mais que o homem. Portanto, ela procura no homem viril e forte sua realização e proteção.

A mulher é irresistivelmente atraída pelo homem forte, corajoso e viril, pois em seus braços encontra seu abrigo de gratificação e segurança físicas.

A mulher não necessita, nem tem compaixão pelo homem fraco, e olha para ele com aversão e desprezo, pois nele vê refletida sua própria fragilidade.

Se o destino a coloca junto de um homem fraco, sente-se muito perturbada, já que isso significa insegurança e possível perigo para ela e seus filhos. Dele não pode obter conforto, nem para o corpo, nem para o espírito. Torna-se fria e apática e pode lançar-lhe todo tipo de invectivas, para castigá-lo pela fraqueza que a faz infeliz.

•

A mulher satisfeita é uma criatura deliciosamente doce. É um deleite para os olhos, o corpo e o espírito do homem, que terá através dela um vislumbre do Paraíso.

•

A mulher insatisfeita é uma criatura terrível, pois em sua insatisfação ela perde tudo, e sua vida torna-se tão desolada quanto o grande Saara, e seu espírito tão negro quanto a noite eterna. O Diabo e todos os males habitam sua alma.

•

A arma suprema do homem é sua mente; a arma suprema da mulher é seu corpo.

•

Alá disse das mulheres: "E GRANDE É A ASTÚCIA DELAS". Há nisso muita sabedoria e significado. As mulheres são astutas porque fracas e dependentes, visto que a astúcia é basicamente um traço dos fracos. É também um traço do homem fraco.

Se a mulher for protegida e amada como deve, não precisará ser astuta, mas será doce como uma criança. As mulheres são como crianças: são o que delas se fizer. Mime-as, e colherá tormentos. Trate-as mal, e colherá a ira de Alá. Dê-lhes o seu amor e a sua atenção, e desabrocharão como lindas flores.

•

As mulheres são basicamente criaturas de prazeres sensuais. Para elas, nada mais importa. Satisfaça seus desejos e gratifique seus corpos e elas fecharão os olhos a todas as suas transgressões e se tornarão suas alegres e bem dispostas escravas.

•

Quando uma mulher deseja um homem e rejeita todos os demais, diz-se que ela está apaixonada por ele. Ela não consegue ter prazer com outros.

•

Quando um homem está apaixonado por uma mulher, tem com ela o maior prazer, mas pode ter prazer com outras.

•

Há homens que amam certas mulheres desesperadamente, à exclusão de todas as demais, e são fiéis a elas. Isso não é normal, e tais homens são carentes de masculinidade.

•

A mulher gosta de estar sempre com o homem que ama e de passar todo o seu tempo com ele, em todas as circunstâncias e condições.

•

Quando um homem quer estar constantemente com a mulher que ama, à exclusão de todas as demais atividades sem ela ou longe dela, ele é carente de masculinidade.
Para agradar a um homem, louve-lhe a mente. Para agradar a uma mulher, louve-lhe sua beleza e seus encantos.

•

O casamento é tudo para a mulher. É toda a sua vida e ocupação. O casamento é apenas um episódio na vida do homem.
A existência da mulher em sociedade fora do casamento não pode ser justificada. Seria como uma árvore inútil que não dá frutos.
A existência do homem em sociedade só é justificada por suas realizações intelectuais.

•

Os homens não devem lutar por causa de mulheres, pois assim serão como os animais.
Uma mulher que espalha propositalmente a discórdia entre os homens usando o próprio corpo como isca é maléfica, e deve ser isolada do convívio com os homens. Tais mulheres costumam derivar grande estímulo sexual da visão de homens brigando por elas, e sua excitação aumenta com derramamento de sangue.

•

Demonstre grande compaixão pela adúltera, pois é mais provável que você mesmo a tenha levado a esse caminho por sua insensibilidade. No entanto, você não deve perdoá-la e aceitá-la de volta em sua cama, mas devolvê-la aos seus, ou vendê-la, se for sua escrava.

•

Não copule com a mulher que tiver perdido a cabeça. Ela não entenderá verdadeiramente o que lhe fizer, mesmo estando com a vagina úmida. Copular com ela será como montar um animal estúpido. Pode acontecer que sua vagina prenda o pênis do homem como a da cadela prende o do cão. Em tal situação, faça-a perder a consciência golpeando-lhe a cabeça com um porrete acolchoado, pois somente assim a vagina dela soltará a presa[2].

•

Não copule com uma mulher idiota, pois seus filhos serão como ela.

•

Não copule com a mulher que chegou à menopausa, pois ela é como uma videira retorcida que já não dá frutos. Sua vagina é seca e irritante, seus seios estão caídos e enrugados, e o sabor de sua saliva é azedo.

•

A mais doce das mulheres pode ser transformada em uma megera pelo homem que a excita mas não a satisfaz. Para domá-la e levá-la de volta à doçura, ele precisa copular com ela e dar-lhe prazer, para que mude imediatamente, como a noite se transforma em dia.

•

Nunca puna uma mulher que lhe desobedece afastando-se dela na cópula[3]. Será mais piedoso espancá-la. Tome cuidado, porém, pois há mulheres que têm um prazer intenso e voluptuoso quando são espancadas, e o objetivo do castigo perde o sentido.

Ao espancar uma mulher, nunca a golpeie nos seios ou no ventre. É melhor colocá-la sobre os joelhos e espancar-lhe firmemente as nádegas.

Assim como as crianças, embora de fato cause dor, o espancamento é apreciado pela mulher, por significar que você se preocupou com ela o bastante para gastar seu tempo disciplinando-a.

Depois, é bastante aconselhável copular com elas, para mostrar que tudo está bem, e convém que seja ainda mais terno e hábil do que de hábito; sua recompensa será grande na apaixonada reação da mulher, pois ela também terá como meta agradar-lhe mais do que o normal.

•

Saibam que finalmente, e por graça de Alá, cheguei ao final de meu tratado, que pode ser minha última obra. E agradeço a Alá por Sua ajuda.

Tenho apenas mais uma observação, para lembrar-lhes, caso tenham esquecido, que o propósito de Alá ao conferir-lhes o prazeroso dom da cópula é a procriação. Para garantir isso, vocês devem copular diariamente entre os períodos menstruais da mulher. Somente assim é possível garantir que ela ficará grávida, pois apenas Alá sabe a data exata em que ela está pronta para a cópula[4].

Tenham, portanto, bom coração e vigor, se quiserem aumentar a prole, e penetrem a mulher todos os dias, depositando nela suas sementes até que ela dê sinais de estar grávida. Só então poderão repousar da prazerosa labuta. E que com as bênçãos de Alá vocês possam sempre viver em felicidade entre suas alegres e risonhas mulheres e crianças.

Notas

Nota da tradução inglesa

1. O tradutor é um geólogo devotado à exploração de minérios e de petróleo na Península Arábica nos últimos treze anos.
2. Foi com base nesse total anonimato e após um juramento solene feito pelo tradutor sobre o Sagrado Corão que o proprietário do manuscrito permitiu sua tradução.
3. As iniciais não são verdadeiras.
4. A dinastia Ayubidd de Saladino, estabelecida por ele, estendeu seu domínio para a Arábia e o Iêmen, onde um de seus irmãos foi regente. Talvez seja este o homem a que se refere o autor. O nome completo de Saladino em árabe era SALAH U'DIN AL AYUBI. Ele era curdo de nascimento, originário da cidade de Tekrit, às margens do rio Tigre. Em 1169 A.D., sucedeu a seu tio, Shiroh, a quem ajudara a conquistar o Egito (1167-1168), suprimindo assim o califado Fatimita, e estendeu suas conquistas à Síria, Mesopotâmia e Arábia. Es-

magou o reino latino de Jerusalém, capturando o rei, Guy de Lusignan, e ocupou Jerusalém em 1187 A.D. A ascensão de Saladino levou o imperador Frederico I, Filipe II da França e Ricardo I da Inglaterra a empreender a Terceira Cruzada. Acre foi sitiada e caiu em 1191, mas a campanha de Ricardo I deixou Jerusalém em poder de Saladino, que firmou um armistício de treze anos com os cruzados em 1192 A.D. A dinastia Ayubidd durou apenas cerca de sessenta anos.

Prefácio do Autor

1. O Ser Supremo (Deus) dos muçulmanos.
2. Esta é a frase de abertura do Sagrado Corão e de cada um de seus capítulos, bem como de todos os escritores muçulmanos devotos.
3. Al Andalus é o nome árabe da Espanha.
4. Parte noroeste do subcontinente indiano, por onde flui o rio Indo.
5. Cidade na Ásia ocidental, hoje na República do Usbequistão, da União Soviética. Foi um grande centro de civilização árabe e islâmica até ser destruída por Gengis Khan no século XIII A.D. Tamerlão fez dela sua capital. Foi durante o reinado dele que Samarcanda chegou ao seu auge.
6. País no sudoeste da Península Arábica. É fértil e montanhoso, e era chamado de Arabia Felix pelos romanos.
7. A palavra usada aqui pelo Profeta Maomé é AL NIKAH, que significa cópula legal com esposas ou escravas. O Islã proíbe estritamente a cópula fora do casamento e prescreve severos castigos para os adúlteros. A cópula com escravas era permitida, mas nunca sem o consentimento delas, e uma vez engravidadas deviam ser desposadas pelos seus senhores para que os filhos fossem legitimados. O Islã permite a poligamia com um máximo de quatro esposas, de acordo com as palavras do Sagrado Corão: "CASAI COM AS MULHERES QUE VOS PARECEREM ATRAENTES, DUAS OU TRÊS OU QUATRO; E, SE SENTIRDES QUE PODEREIS SER INJUS-

TOS, ENTÃO COM APENAS UMA, OU COM AS QUE VOSSA MÃO DIREITA POSSUIR (ESCRAVAS OU CATIVAS). ASSIM SERÁ MAIS PROVÁVEL QUE NÃO FAREIS INJUSTIÇA".

8. Isso é verdade, pois embora a literatura árabe esteja repleta de obras de diversão sexual leve e pornografia, tanto em verso como em prosa, não se conhecem obras com a abordagem do estudo do sexo nos seres humanos, como a presente.

Capítulo I

* FI TAKWIN AL MARA'AH WA A'RAJOL.

1. Referência, sem dúvida, aos votos de celibato feitos pelos padres, monges e monjas cristãos. O Profeta Maomé disse: "NÃO HÁ MONACATO (SACERDÓCIO) NO ISLÃ".

2. A declaração é surpreendente para a época. A idéia dos direitos da mulher ao prazer sexual completo é bastante recente, mesmo no pensamento e na cultura ocidentais.

3. O fato de as mulheres felizes e satisfeitas terem partos fáceis quando não têm complicações físicas ou anatômicas tornou-se óbvio apenas muito recentemente para a medicina moderna.

4. Os grandes lábios (*Labia majora*).

5. Os pequenos lábios (*Labia minora*).

6. Aparentemente, o processo de ovulação e fecundação não era claro para o autor, pois, de outro modo, ele o teria descrito. O conhecimento completo disso só se revelou com a invenção do microscópio de alta potência, no século XIX.

7. Fruto da romãzeira (*Punica granatum*), que cresce dispersamente no Irã e no Afeganistão, bem como nos países vizinhos do Oriente Médio. Esta árvore vem sendo cultivada desde a Antiguidade. O fruto é redondo e tem uma casca amarelo-avermelhada dura e grossa e uma coroa de sépalas que se parece a um mamilo. É cheia de sementes, cada uma delas envolta por uma polpa comestível doce ou azeda. A ár-

vore é bastante bonita e dá flores escarlate. Nos tempos antigos, usava-se o fruto por considerá-lo vermífugo.

8. Ainda não está muito claro por que a cor do mamilo e da aréola das virgens muda após a defloração.

9. Um gênero (*Gazella*) de antílopes e um dos animais mais belos e graciosos que há. Tem chifres em forma de lira e membros muito finos e delicados. A maioria desses animais habita os desertos do Norte da África e do Oriente Médio. Seus olhos enormes, de expressão muito doce, são considerados os mais belos pelos árabes, que comparam os das belas mulheres aos da gazela.

10. Reconhece-se aqui a facilidade ou a dificuldade do parto dependendo da largura da estrutura pélvica da mulher.

11. Descrição do raquitismo, causado principalmente pela deficiência de vitamina D. Naturalmente, o autor não sabia disso.

12. Os árabes daquele tempo demonstravam grande preferência pela visão de uma vulva grande com uma vagina apertada. Gostavam em geral das mulheres um tanto robustas, de ancas largas e cintura estreita, braços e pernas roliças e rostos largos com olhos grandes e lábios carnudos. Referiam-se ao rosto de uma bela mulher como parecido à lua cheia.

13. Por exemplo: o coelho (AL ARNABAH), o gato (AL QUT), o estorninho (AL ZARZUR), o rouxinol (AL BULBUL) e muitos outros.

14. Pouca atenção, ou nenhuma, foi dada ao estudo das mudanças de aspecto e coloração dos órgãos e do corpo da mulher durante a cópula até Kinsey e outros pesquisadores posteriores.

15. Isso ilustra a ênfase e o alto valor que os árabes davam à virgindade de suas mulheres antes do casamento ou da compra. O homem que casasse com uma mulher, ou a comprasse, baseado na crença de que se tratava de uma virgem sentia-se torpemente ludibriado se, afinal, descobria que ela não o era.

16. Essa prática é ainda predominante nas áreas rurais do Egito, do Sudão e de outros países africanos. Não só o clitóris é removido, mas também os *Labia majora*, e às vezes

os *Labia minora*. Diz-se que o objetivo dessa drástica e cruel operação é privar a mulher de sensações de prazer sexual durante a relação, para que não se torne promíscua.
17. O autor parece suspeitar, de modo geral, de um relacionamento homólogo entre o pênis e a vagina.
18. O autor está talvez descrevendo a ninfomania.
19. Com muita perspicácia, o autor percebeu que a ninfomania é, na verdade, uma desordem mental, capaz de levar ao suicídio.
20. Outro nome é dado pelo autor para o orgasmo: HAZZAT AL JIMA'A, que significa tremor da cópula.
21. A presença das duas glândulas de Bartholin não era conhecida pelo autor, embora ele tenha notado que as secreções vinham de outros lugares que não o orifício da vagina.
22. Esta prática (*Cunnilingus*) é proibida pelo Islã e vista com desagrado pelas igrejas cristãs. Diversos estados dos EUA e muitos países proíbem todo contato oral-genital, mesmo entre parceiros casados.
23. A maioria dos sexólogos modernos salienta hoje em dia a grande importância de se estimular completamente a mulher mediante a manipulação de seu clitóris antes do coito.
24. Embora os árabes antigos e medievais admirassem a beleza física dos seios femininos, não lhes davam importância maior como parte muito erótica e excitante do corpo da mulher.
25. Os árabes tinham plena consciência da verdadeira arte do beijo na boca entre homens e mulheres, muito antes que o Ocidente o descobrisse. Isso é visto claramente em sua literatura desde a época pré-islâmica.
26. Após o advento do Islã, os árabes passaram a preocupar-se muito com a limpeza de seus corpos, pois tornou-se obrigatório lavar-se quando houvesse água disponível antes dos períodos de oração, que são cinco em um dia. Assim, pouco antes da oração, os muçulmanos de ambos os sexos devem lavar o rosto, o pescoço, as axilas, os órgãos genitais, a área anal e os pés. A boca também deve ser lavada e enxaguada.
27. Isso desmente a maledicência que foi e continua sendo difundida sobre a condição das mulheres no Islã; diz-

se que a religião muçulmana delega às mulheres a condição de escravas, à mercê do homem, sendo usadas contra a vontade para que eles obtenham seus prazeres egoístas.

28. O autor está, sem dúvida, referindo-se aos impérios grego, romano, bizantino e persa, todos decadentes sobretudo em virtude da decadência de seus povos, que passaram a ocupar-se quase exclusivamente da busca de prazeres sensuais.

29. Possível referência ao povo de Sodoma.

30. Infelizmente, há hoje muitos homens assim.

31. O autor demonstra perspicácia e um genuíno entendimento das condições para um relacionamento ideal entre homens e mulheres.

32. Cerca de 13 centímetros de comprimento.

33. Cerca de 25 centímetros de comprimento.

34. Um diâmetro de cerca de 5,5 centímetros.

35. Naquela época, todos os povos europeus eram chamados de francos.

36. Hoje sabe-se que a temperatura baixa é essencial para manter os espermatozóides vivos e móveis.

37. O costume da circuncisão também é praticado pelos judeus. Hoje em dia, a maioria dos pediatras dos EUA aconselham os pais a permitir que essa operação seja feita em seus filhos, poucos dias após o parto, quando os recém-nascidos ainda estão na maternidade com suas mães. Nesta idade, a operação é indolor, e a cicatrização é bem rápida. Observou-se que os homens circuncidados quase nunca têm câncer na glande. Além disso, as mulheres casadas com homens circuncidados raramente têm câncer do colo do útero.

38. O autor ignorava que o fluido é, na verdade, produzido pela próstata e que apenas os espermatozóides são produzidos pelos testículos.

39. Muito poucos homens são capazes de um desempenho sustentado assim após os trinta e poucos anos de idade. Kinsey relata que na faixa dos 30 aos 35 o homem médio pode ter três orgasmos por semana, e essa média cai para dois por semana entre os 41 e os 45 anos. Entre os 56 e os 60 anos de idade, o homem médio é capaz de apenas um orgasmo por semana.

Capítulo II

1. FI FOUNOUN AL JIMA'A WA OULOUMEH.
2. Kinsey relata que cerca de três quartos dos homens chegam ao orgasmo aproximadamente dois minutos após o início da cópula, e muitos destes chegam ao clímax em menos de um minuto, ou mesmo em dez ou vinte segundos após a penetração na mulher.
3. Freud, ao contrário de Kinsey, acreditava na existência de dois orgasmos distintos e diferentes na mulher: um clitoridiano e outro vaginal.
4. Kinsey relata que apenas uma minoria de homens consideraria a aquisição da capacidade de conter o orgasmo um substituto desejável para a cópula rápida e direta.
5. O babuíno é um símio que habita muitas partes da África e da Ásia. Pertence ao gênero *Simia Cynocephalus* e tem o rosto parecido ao de um cão e o traseiro vermelho. As patas dianteiras e as traseiras têm igual tamanho, dando lugar a um gigante quadrúpede. No Iêmen, os babuínos são de tamanho médio e os machos alcançam até trinta quilos de peso. Vivem em terrenos rochosos e montanhosos, em colônias de vários tamanhos que chegam a ter centenas de indivíduos, e são uma séria ameaça econômica para os agricultores, em virtude de suas incursões destrutivas contra os campos de milho e trigo e contra os pomares.
6. Os babuínos são onívoros e comem insetos, pequenos animais e vegetais.
7. Kinsey considera demasiado forçado e anormal o homem tentar conter-se por dez ou quinze minutos na cópula para esperar que a mulher chegue ao orgasmo. Este é o tempo que a mulher adversamente condicionada demora para atingir o clímax.
8. A descarga de fluidos especiais pela mulher durante o orgasmo, como o homem, é um fato aceito desde tempos imemoriais. Entretanto, estudos recentes de Kinsey e outros demonstraram que na verdade isso não ocorre, mas sim o que descreve o autor.

9. Freud sustentava que o orgasmo produzido apenas pela manipulação do clitóris é um fenômeno de sensação infantil.

10. Freud conclui que, quando a mulher finalmente começa a copular, o clitóris é estimulado durante a relação e seu papel é o de conduzir a excitação às partes genitais adjacentes; funciona como um pedaço de madeira usado para atear o fogo à lenha. Ele acrescenta que muitas vezes essa transferência demora para acontecer e que, durante a transição, a vagina fica anestesiada para qualquer sensação de prazer.

11. O autor usou em seu manuscrito o antigo nome da Síria: BILAD AL SHAM, que cobria provavelmente o que são hoje o Líbano, a Palestina e a Jordânia, além da presente Síria. Damasco, que era a capital do califado Ummayad (661-749 A.D.), é ainda hoje a capital da moderna república da Síria.

12. Sanaa é uma cidade antiqüíssima do Iêmen central e capital deste país que tem hoje uma população de cerca de 50 mil habitantes, a uma saudável altitude de cerca de 2.300 metros. O Iêmen era uma monarquia absoluta, governada pelo imã Ahmad Hamid Al Din. Contudo, uma semana após o falecimento deste, em 1962, irrompeu no país uma revolução que proclamou e estabeleceu a república, com ajuda de tropas egípcias. O filho do imã, Al Badr, que fora proclamado imã quando da morte do pai, fugiu para a Arábia Saudita e acredita-se que ainda esteja lá. Os soldados e os administradores egípcios saíram do país em novembro de 1967, mas a guerra civil continua acesa entre o exército republicano e as tribos realistas, que ainda detêm grande parte da zona rural, sob a liderança de príncipes que são primos de Al Badr.

13. O Nejd é uma área que se estende entre as regiões norte e centro-norte da Península Arábica, fazendo parte hoje da Arábia Saudita, formado por planícies desérticas e uns quantos oásis. A maioria de seus habitantes é composta de nômades (beduínos).

14. Creta é uma grande ilha do Mediterrâneo oriental, ao longo da costa sul do mar Egeu e a cerca de 240 quilômetros a sudeste da Grécia. A ilha foi ocupada pelos árabes em 823 A.D. Em 1024 A.D., foi conquistada pelos cruzados e con-

cedida a Bonifácio, marquês de Montferrat, que a vendeu para a República de Veneza. É hoje parte integrante da Grécia.
15. Ver nota 5, p. 126.
16. Provavelmente trata-se de uma européia que foi com os cruzados para o Oriente Próximo. Naquela época, as mulheres cativas eram vendidas como escravas e tanto os árabes como os cruzados dedicavam-se a essa prática cruel.
17. Uma gazela fêmea.
18. Os berberes são um povo do grupo lingüístico hamítico que habita o Norte da África até o Senegal, formando três quintos da população da Argélia e uma proporção bem maior do povo do Marrocos. A invasão da África do Norte pelos árabes muçulmanos entre os séculos VII e XI A.D. fê-los recuar para as montanhas Atlas e impôs-lhes a religião muçulmana e a língua árabe, e com o tempo eles foram amplamente assimilados pelos árabes. Muitos berberes têm olhos azuis e cabelo claro, e é amplamente aceita a tese de que são relacionados aos caucasóides europeus. Os tuaregues ou Homens Azuis, do deserto do Saara, pertencem a esse povo.
19. Cidade do Noroeste da África, a cerca de 150 quilômetros a leste do Oceano Atlântico e a 140 quilômetros ao sul do Mediterrâneo. A velha cidade foi fundada por Idris II em 793 A.D. e tem atualmente uma população de 250 mil habitantes.
20. Naqueles tempos, as casas das classes superiores eram divididas em muitos quartos e apartamentos, e o chefe da casa tinha seu próprio apartamento particular, onde vivia só. Cada uma de suas esposas e respectivos filhos tinham seu próprio apartamento ou quarto, e as escravas ocupavam seus alojamentos separados. Assim, quando queria uma de suas mulheres para a noite, o homem mandava-lhe um recado para que viesse aos aposentos dele. Quando se tratava de uma grande favorita sem filhos, ele podia às vezes ir visitá-la em seus aposentos, e talvez passar a noite lá, o que era considerado por ela como uma grande honra e indício seguro do amor dele.
21. Embora tenha sido extremamente liberal na defesa de todo tipo de carícias, o autor colocou esse limite ao com-

portamento normal, o que é muito lógico, pois, ejaculando na boca da mulher, o homem desserve a natureza. O conselho do autor é que o homem sempre fecunde a mulher como quer Alá, e nenhum procedimento para o controle da natalidade é mencionado no livro.

22. O autor revela aqui sua filosofia, que, como alguns podem ter concluído, não defende o comportamento promíscuo mas, antes, a união entre homens e mulheres de acordo com os preceitos do Islã; desse modo, ele pede a Alá que abençoe todos os filhos (legítimos) nascidos como resultado dessa união.

23. A maioria dos sexólogos modernos concorda hoje que a mulher normal é capaz de ter orgasmos múltiplos se estimulada corretamente e por muito tempo na cópula.

24. O autor demonstra grande compaixão e compreensão da psicologia feminina.

25. Este é um conselho muito bom. Todos os obstetras e ginecologistas de hoje previnem contra a cópula com a mulher após o fim do sétimo mês de gravidez.

26. O autor demonstra grande perspicácia acerca da psicologia do comportamento da virgem em relação à defloração, e a ênfase que ele dá à contenção do homem não pode ser vista com leviandade ou ignorada.

27. Naquele tempo, a maioria das moças era dada em casamento logo no início da puberdade, e não recebia qualquer educação sexual além de, talvez, algumas instruções inadequadas e apressadas por parte das mães e de outras parentes no dia do casamento. Logo, o que o autor descreve é compreensível.

28. A cópula com a mulher menstruada é proibida no Islã, de acordo com o seguinte trecho do Sagrado Corão: "E QUANDO VOS PERGUNTAREM A RESPEITO DA MENSTRUAÇÃO DIREIS QUE É UM MAL, PORTANTO NÃO INCOMODAI AS MULHERES NESSAS OCASIÕES E NÃO AS PENETRAI ATÉ QUE ESTEJAM LIMPAS. E, QUANDO ELAS SE TIVEREM PURIFICADO, ENTÃO PENETRAI-AS COMO VOS ORDENOU ALÁ. EM VERDADE, ALÁ AMA OS QUE LHE OBEDECEM E OS QUE SE PREOCUPAM COM A LIMPEZA."

Capítulo III

1. FI AL SHOUDHOUDH WA AL HALAT AL MARADIY-YAH FI AL RIJAL WA AL NISA'A.

2. O hermafroditismo é definido como a modificação das principais características sexuais (os órgãos comuns) em comparação com a estrutura típica da genitália do sexo oposto.

3. Androginia masculina.

4. Androginia feminina.

5. O travesti masculino.

6. O travesti feminino.

7. Bestialidade masculina. Segundo Kinsey, em certas áreas do Oeste dos Estados Unidos, até 65% dos rapazes e homens tiveram contato sexual de algum tipo com animais.

8. Bestialidade feminina.

9. Esta prática é chamada de necrofilia e existem duas formas distintas: uma que se dá imediatamente após o assassinato sexual, quando o assassino copula com o cadáver recém-morto de sua vítima, e outra na qual o necrófilo obtém um cadáver desenterrando-o de seu túmulo, como descreve o autor.

10. Urolagnia e coprolagnia. Os casos extremos dessas aberrações são quando o homem ou a mulher consomem de fato a urina ou as fezes do parceiro.

11. Casos de sadismo físico e sexual de fato.

12. Masoquismo físico e sexual.

13. O sadismo contra crianças pode começar com o sadismo psicológico relativamente inofensivo, no qual a criança não é realmente ferida, mas talvez maltratada. Isto, porém, pode evoluir para sérios maus-tratos sádicos e posteriormente para os ferimentos físicos e o assassinato.

14. O autor está descrevendo o assassinato sexual e talvez uma das formas de necrofilia.

15. Lot é um personagem da Antiguidade, associado à história hebréia. Era neto de Terá e sobrinho de Abraão, com quem saiu de Haran, no norte da Mesopotâmia, foi para Canaã, viajou até o Egito e depois voltou, separando-se de

Abraão; Lot estabeleceu-se perto de Sodoma (cuja localização é incerta, embora se acredite ter sido ao norte do Mar Morto ou sob este). Supostamente, ele foi avisado com antecedência da iminente destruição de Sodoma como castigo à imoralidade de seu povo e às suas práticas sexuais pervertidas. Fugiu com a família, mas sua esposa foi transformada em um pilar de sal por ter olhado para a cidade. Lot é considerado um profeta pelo Islã. O termo sodomia é derivado do nome da cidade.

16. Os árabes não estigmatizam muito o pederasta ativo.

17. O impulso para a pederastia ativa entre os árabes, em certos países e comunidades, pode ser em grande parte devido à ausência de oportunidades de contato heterossexual. Isso poderia explicar a atração que a maioria dos pederastas ativos sente por rapazes jovens e imberbes, cuja pele lisa e macia lhes lembra a das mulheres e assim os excita.

18. O pederasta passivo é totalmente ridicularizado e desprezado pelos árabes.

19. Talvez por masoquismo ou pela estimulação física da próstata, sabe-se também que a membrana do ânus e do reto de alguns homens é muito sensível e que estes podem ter prazer com a sua estimulação pelo pênis do parceiro.

20. Estas são as lésbicas verdadeiras.

21. Esta condição é chamada de vulvite, e definida como uma reação inflamatória que afeta a vulva, com causas diversas. Recomenda-se a aplicação de um creme ou ungüento com antibiótico e derivados de cortisona acompanhada de antibioticoterapia sistemática quando a condição é séria ou crônica.

22. Esta condição é chamada de leucorréia, definida como uma desordem ginecológica caracterizada por corrimentos anormais do trato genital feminino. A infecção por bactérias, protozoários ou fungos é a causa direta, sendo tratada pela administração sistemática do antibiótico apropriado e pela inserção de supositórios medicinais.

23. O autor pode estar descrevendo alguns dos sintomas de malignidade (câncer) nos órgãos genitais femininos.

24. O consumo de bebidas alcoólicas é estritamente proibido pelo Islã em qualquer circunstância.
25. Esta condição é conhecida como dispareunia.
26. A contração dolorosa dos músculos vaginais durante o coito é chamada de vaginismo.
27. O autor talvez esteja descrevendo o câncer do seio, cuja única cura conhecida hoje é a amputação do seio afetado (mastectomia).
28. Descrição do fenômeno de difusão do câncer de um órgão para outro (metástase).
29. Não é possível determinar quais são os ingredientes revigorantes dessa poção.
30. O âmbar é uma substância gordurosa encontrada amiúde flutuando nos mares tropicais ou sobre as praias das ilhas tropicais. Aparece em grumos com peso que varia de 15 gramas a 50 quilos, e é uma secreção que se forma no estômago e no trato intestinal do cachalote. É composto por cerca de 80% de colesterol e óleos graxos, aberim e ácido benzóico. Foi usado principalmente na indústria de perfumaria como tintura e essência fixadora para perfumes delicados, mas hoje em dia vem sendo largamente substituído por substâncias químicas sintéticas. Os árabes e muitos outros povos da Ásia acreditam que o âmbar tem grandes propriedades afrodisíacas, mas isso não foi substanciado por provas experimentais científicas.
31. Esta condição, muito dolorosa, é chamada de priapismo. Sabe-se que resulta de doenças neurológicas ou de estímulos dolorosos, como cálculos na bexiga, uretrite (inflamação da uretra), ou prostatite (inflamação da próstata), ou ainda da obstrução dos vasos sangüíneos que irrigam o pênis. A cura é feita pela eliminação da causa.
32. O autor está provavelmente descrevendo a gonorréia ou a uretrite.
33. Esta é uma descrição de tumores malignos (cancerosos) no escroto.
34. O câncer dos testículos ou do escroto pode ser curado por uma orquiectomia (retirada dos testículos) ou por radiação, ou por ambos.

Capítulo IV

1. FI AL RIJAL WA AL NISA'A.

2. O método para se resolver este problema embaraçoso é fazer com que a mulher seja anestesiada por um médico, para que seus músculos relaxem e a preensão do pênis do homem seja afrouxada, permitindo-lhe retirá-lo. Mas, se não houver ajuda médica disponível, ou ela não for desejada por questões de pudor, faça a mulher respirar dentro de um saco de papel ou de plástico até perder os sentidos, o que resultará no relaxamento instantâneo de seus músculos. Este procedimento não é perigoso, e ela voltará a si sem qualquer efeito nocivo assim que o saco for retirado de sua boca.

3. Isto é contrário aos ensinamentos do Islã, que prescrevem o seguinte, de acordo com as palavras do Sagrado Corão: "...QUANTO ÀS MULHERES DAS QUAIS TEMEIS A REBELIÃO, ADMOESTAI-AS E BANI-AS PARA OUTRO LEITO SEPARADO E AÇOITAI-AS. SE ENTÃO VOS OBEDECEREM, NÃO PROCURAIS FAZER NADA CONTRA ELAS...".

4. Os períodos de ovulação da mulher não eram conhecidos pelo autor, o que explica este conselho. Sabe-se hoje que ocorrem no meio do ciclo (a meio caminho entre dois períodos menstruais consecutivos). Em ciclos de 28 dias, a ovulação acontece entre doze e dezesseis dias antes do início do período menstrual seguinte.